世界侦探推理名著文库

[法] 莫里斯·勒布朗 著

孙桂荣 逸 风 译

亚森·罗平智斗福尔摩斯

群 众 出 版 社

·北 京·

图书在版编目（CIP）数据

亚森·罗平智斗福尔摩斯／［法］勒布朗著；孙桂荣，逸风译．—北京：群众出版社，2014.8

（世界侦探推理名著文库）

ISBN 978－7－5014－5240－8

Ⅰ.①亚… Ⅱ.①勒… ②孙… ③逸… Ⅲ.①侦探小说—法国—现代 Ⅳ.① I565.45

中国版本图书馆 CIP 数据核字（2014）第 118358 号

世界侦探推理名著文库

亚森·罗平智斗福尔摩斯

［法］莫里斯·勒布朗 著

孙桂荣 逸 风 译

出版发行：群众出版社

地　　址：北京市西城区木樨地南里

邮政编码：100038

经　　销：新华书店

印　　刷：北京普瑞德印刷厂

版　　次：2014 年 8 月第 1 版

印　　次：2014 年 8 月第 1 次

印　　张：8

开　　本：880 毫米×1230 毫米　1/32

字　　数：169 千字

书　　号：ISBN 978－7－5014－5240－8

定　　价：24.00 元

网　　址：www.qzcbs.com

电子邮箱：qzcbs@sohu.com

营销中心电话：010－83903254

读者服务部电话（门市）：010－83903257

警官读者俱乐部电话（网购、邮购）：010－83903253

文艺分社电话：010－83903973

总序

阅读经典　收获智慧

于洪笙

在色彩缤纷的世界文学园林里，侦探推理小说是一株盛开着奇异的花朵、分外引人入胜的巨大乔木。《中国大百科全书》“外国文学卷”对“侦探推理小说”这个词条是这样定义的：它是西方通俗文学的一种体裁，与哥特式小说、犯罪小说以及由它们衍生出来的间谍小说、警察小说、悬疑小说同属惊险神秘小说的范畴。侦探推理小说主要描写具有惊人推理、判断能力的人物根据一系列的线索，破解犯罪（多是凶杀）的疑案。它的结构、情节、人物，甚至环境都有一定的格局和程式，因此它也是一种程式文学。

但就是这种文学样式，在自己并不太长的发展历史中，创造出两个奇迹：其一，产生了一个读者不准其死去的文学形象“福尔摩斯”。英国作家柯南·道尔一八八七年在《血字的研究》中创造了他，从此福尔摩斯成为人类智慧的符号并承担起人类“保护神”的重任。这不仅标志着福尔摩斯这个人物形象在文学意义上的不朽，更重要的是在现实生活中世界读者对它的需求，这是从人类文学产生之日起任何文学形象所不能比拟的。其二，产生了一位被称作“侦探小说女王”的作家——阿加莎·克里斯蒂。在她生前，即二十世纪六十年代，她的作品就在一百多个国家发行了四亿多册，仅次于《圣经》。如果考虑到《圣经》的销售主要依赖于悠久的宗教历史和庞大的教会系统作为背景的话，那么克里斯蒂就是世界文学史上最受读者欢迎的作家了。

不朽的人物形象、世界上最高的图书销

售量，均是在侦探推理小说领域创造的。如果我们还不能就此下结论说侦探推理小说是最好的文学样式，那么至少可以说它是最受读者欢迎、极具文学魅力的文学样式。

自一八四一年美国作家爱伦·坡创作《莫格街凶杀案》之后，侦探推理小说便以其曲折的情节、强烈的悬念、严谨的逻辑为表现手段，闪耀着理性的光芒，以智慧文学的形式显示出独有的魅力，在世界文坛上脱颖而出。从此，侦探推理小说便在世界各国拥有广大的读者，有关图书始终占据着国际图书市场销售量的四分之一以上，成为其他文学类图书难以企及的畅销、长销的图书类型。究其原因，侦探推理小说强大的生命力无非是由它的内容和形式所决定的。首先，侦探推理小说的巨大魅力，在内容上与它在审美上的主体意识被读者认可有关。一篇（部）优秀的侦探推理小说，不管故事发生在何国何时，不论篇幅长短，它都不能缺少一位正面人物。这个正面人物继承的是世界文学传统，如史诗、悲剧中的英雄原型。在这个带有英雄色彩的正面人物即“侦探”身上，体现着人文精神和对人性的优点的描述，如正义、智慧、维护文明秩序，为纠正法制生活中的失衡、偏颇而奋不顾身等。他的主体人格应该是伸张正义、嫉恶如仇、尽忠职守、视死如归。这样一个在社会生活中具有奉献精神、牺牲精神的文学角色被创造者赋予的理想的色彩，是人类在生存、繁衍、发展、进步、创造文明的过程中所必须发扬光大的。正如比利时著名诗人维尔·哈伦所说：“文学的主旋律是对人的肯定和人性的张扬。”因为信仰、理想犹如阳光对于万物，是被人类自己肯定、歌颂的，所以它便具有了永久的魅力。这种理想色彩的魅力，满足着人类对英雄的崇拜需求，也就是人类对自己理想的肯定。

与此同时，侦探推理小说是用故事的载体，反映着人类同自身存在的毒瘤——犯罪的斗争，是人类对自身文明进化过程的不断反思。文明与犯罪，是人类历史进程中的双生子，而人类是必须要前进的，因此，同形形色色的犯罪作斗争，则集中反映着正义与邪恶、文明与贪欲、“真善美”与“假恶丑”的较量，体现着人类对自身理想的坚定捍卫。在这种较量中，文学的真谛得到了阐述。从这个角度讲，侦探推理小说还应在“智慧文学”前面加上“理想文学”。

同时，关于侦探推理小说在文本形式上的魅力，早在二十世纪三十年代，意大利杰出的马克思主义理论家安东尼·葛兰西就做了研究。他写道：“侦探推理小说这类书籍为什么总是令人读得如此入迷？它们能使人们得到什么样的满足？符合怎样的兴致？它们能给予人们什么样的特殊幻美？……阅读时，人们在幻想着‘美丽的’、‘有趣的’冒险，这种冒险应是个人不受约束的主动的精神表现。”

好奇地逗留在事物面前，屏住呼吸并密切地注视它们的奇异性，这是人的特性。

而正是这种好奇心，促使人类产生了区别于动物的伟大的想象功能。想象，这一人类本身所具有的天性，是人类生存、发展和创造文明的需要。正是想象才构成了人类行为中的创造性的基本特征。没有了想象，只知道追求近前的目标，人们就会减弱并失去活力。正是想象，激发着人类走向一个又一个未知的世界。在想象中去探秘，去历险，去体验英雄般的感受，人们这一古老的愿望正是在侦探推理小说中得到了满足。

作为一种智慧文学，侦探推理小说情节的主要框架是解谜，而读者的阅读实质上即是参与分析、判断、推理的解谜过程。对青少年读者来说，这更能激发他们的好奇心及探险、揭秘的心理，进而满足他们想象的乐趣、思索的乐趣、发现的乐趣、参与的乐趣，使他们在阅读的愉悦中不知不觉地进行了思维训练，提高了智能。因此，人们称侦探推理小说是“脑力体操”，这种脑力体操对当今的青少年尤为重要。

日本东京创造力开发研究所所长山上定也先生认为："推理锻炼可以使头脑聪明，而作为一个现代人，应当及时掌握当代独特的成功利器——信息推理术，并把它和演绎法相结合，这能使你由此及彼、由表及里、举一反三、触类旁通，从而以高超的创造力迎接信息社会的挑战。"这番话倒是从另一个角度回答了孩子们为什么爱读侦探惊险作品的问题。一九九八年，由中国出版工作者协会少儿读物工作委员会和中华读书报社联合进行的"中国的孩子爱读什么书"的调查结果显示，侦探惊险作品超过"卡通漫画"及"寓言童话"，独占鳌头。

基于以上原因，由北京侦探推理文艺协会和群众出版社联合策划，决定推出《世界侦探推理名著文库》这套丛书，作为献给全国热爱这一文学样式的广大读者的一份珍贵的礼物。北京侦探推理文艺协会是我国目前在侦探推理文学研究、创作领域唯一的专业协会；群众出版社则是最早翻译出版《福尔摩斯探案全集》和大量世界侦探推理佳作的全国著名的出版机构，在此样式的出版上声誉卓著。协会与出版社强强联合推出这套丛书，意在从权威的角度向读者推荐世界侦探推理文学领域的泱泱名作，其中包括这一文学样式在一百七十多年发展历程中涌现出的众多流派的巅峰之作。与此同时，对收入本套丛书的每部作品，我们均特邀专家撰写导读文章，发挥他们各自独特的审美才华，对文库收纳的众文本进行阅读上的尽情评点，从而使广大读者更加明白什么叫精彩、什么是名著、悬疑之美是如何形成的……从某种角度上看，我们这种阅读加欣赏、点评的做法是希冀读者在读完文库后能有一个宏观上的史线般的阅读收获，即知晓在世界侦探推理文学领域有哪些优秀的代表作家，那些精彩绝伦的作品为什么能够影响至今。如果这些不是我们的奢望的话，那么丰富的知识信息定会使这些图书成为读者朋友阅读、收藏、研究这一文学样式的最佳文本。

爱因斯坦说过：“我们所能有的最美好的经历是对神秘的感悟。它是坚守在真正艺术和真正科学发源地的基本感情。谁要是体验不到它，谁要是不再有好奇心，也不再有惊讶的感觉，那就形同行尸走肉……”让我们放松心情，敞开胸怀，捧上这些充满神秘、惊险、智慧并能引发我们的好奇心的经典之作！让阅读这些作品成为我们人生最美好的经历吧！

（本文作者为中国人民公安大学教授、北京侦探推理文艺协会常务副会长）

导读

英法神探的巅峰对决

唐　明

英语世界读福尔摩斯，法语世界读亚森·罗平！

如同福尔摩斯的名气比柯南·道尔更大一样，亚森·罗平的名气也比莫里斯·勒布朗大得多。

莫里斯·勒布朗在成为侦探小说家之前，已经发表过一些小说，如《一个女人》和《死亡的杰作》等，并且获得了成功，得到了莫泊桑的肯定和支持。一九〇五年，法国著名出版商皮埃尔·拉菲特创办《我知道一切》杂志，邀请勒布朗为该杂志创作侦探推理小说。勒布朗决心做一次尝试，塑造一个具有法国特色的侦探。于是，他写出了《亚森·罗平被捕》，大受读者欢迎。后来，他陆续写出了五十多部有关侠盗亚森·罗平的侦探推理小说，从而奠定了他在法国侦探推理小说领域的地位。

《亚森·罗平智斗福尔摩斯》是侠盗亚森·罗平系列小说中有代表性的一部，出版于一九〇八年。勒布朗不仅在此系列小说中把亚森·罗平写成侦探之王，而且让他有机会与当时大名鼎鼎的英国侦探夏洛克·福尔摩斯较量并略胜一筹。当然，结果总是友好的，他们总能够和解。这部小说分为《金发女郎》和《犹太灯》两个相对独立的部分，内容大概是：巴黎连发奇案，警方明知是亚森·罗平所为，却又无可奈何，只好从英国请来福尔摩斯帮忙。侠盗在暗处，且占据“主场”优势，擅长五花八门的圈套和化装；名侦探在明处，处于“客场”劣势，而推理和观察能力却无人能敌。可以说，这不仅是英法两个知名侦探之间的斗法，而且是英法两国侦探推理小说风格的集中碰撞，颇值得读者细心品味。

从小说塑造的人物来看，勒布朗笔下的人物性格更加丰富。福尔摩斯是专门破案的侦探，完全是正面人物，形象过于单纯，而亚森·罗平的形象则丰富得多。亚森·罗平是个探案高手，就像福尔摩斯一样，曾抓获很多罪犯，但他的魅力并不局限于此。他是亦侠亦盗，不但探案，而且作案，喜欢劫富济贫，偶尔会亲自出手偷点儿东西。他作案的手段令人匪夷所思，往往会让警方一筹莫展。他生性幽默，作案之后喜欢跟警方开玩笑，甚至会利用报纸宣传自己的义举，宣布自己要战胜福尔摩斯……正因为亚森·罗平是个富有浪漫色彩的人物，他才会受到法国人的狂热追捧，而亚森·罗平战胜福尔摩斯的故事，更是满足了法兰西民族的自尊心。

作为二十世纪上半叶法国侦探推理小说的代表，勒布朗的作品还属于以煽情侦探故事为核心、具有强烈戏剧化风格的传统侦探推理小说模式。小说重视曲折多变的情节、出人意料的发展和意外的转折，特别注重情感的调动，加入强烈的爱情元素；反而并不强调严谨的逻辑推理和周密的案情分析，有时单靠意外情节取胜，通常会融进爱情与神秘，更似哥特式传奇小说。

如《金发女郎》案中，由神秘的金发女郎这条明线和作案人几次从不同的别墅神秘消失的暗线展开情节，节奏很快，并且一波三折：福尔摩斯采取行动时的求胜心切，破案计划时间过半仍一无所获甚至被耍弄时的窘迫，对金发女郎误判时的失望，层层破解别墅建筑秘密时的惊喜，揭露了真相并控制住金发女郎时的兴奋，以及旋即被抓住并且被困在回英国的船上时的绝望……每次转折都出人意料，高潮迭起。但同时，这种转折并不完全建立在严密的逻辑判断和缜密的预先计划的基础之上，更多的是借助运气或者是令人匪夷所思的手段。

作为法国侦探推理小说，浓郁的浪漫爱

情气息是作品的一大看点和最大特色。爱情不但使人物形象更加丰满，而且极大地推动了案情的发展。数学教师的女儿与表兄的爱情，既让亚森·罗平顺利实现了“绑架”其女儿逼迫父亲就范的目的，同时又避免了采取暴力手段，甚至让其女儿乃至父亲对侠盗产生了一丝感激之情。建筑师的女儿与侠盗的爱情，可以说是案情发展的推动力。文中两个人在面临危机时的对话，既让读者解开了心中对建筑师女儿作案动机的困惑，又让读者感受到浪漫爱情渗入到法国人骨髓而带来的震撼。

越是民族的，就越是世界的！时至今日，有关亚森·罗平的侦探推理小说在全世界流行，仅此系列的袖珍本就卖了近千万套，有的单行本销售过亿，而以此系列小说改编的电影、动漫等作品更是备受各国年轻人推崇，这就是经典的魅力与价值。

（本文作者为法庭内外杂志社副社长、北京侦探推理文艺协会理事）

目 录

第一章　金发女郎

一、　第二十三套第五一四号彩票

去年十二月二十八日，凡尔赛中学数学教师热尔布瓦在一家杂货店的货物堆里淘到一张桃花心木的小写字台，抽屉特别多，他很喜欢。

“这是给苏珊的生日礼物，绝好的生日礼物。”他心想。

他囊中羞涩，又千方百计地想讨女儿苏珊的喜欢，就竭力讨价还价，最后用六十五法郎买下了这张写字台。

正当他给商家留下自己的住址，好让他们送货的时候，一个打扮时尚、东张西望的年轻人瞥见了这张写字台，问道：

“怎么卖?”

“已经卖了。”商家答道。

“啊！……卖给这位先生了，是吗?”

热尔布瓦先生向那人致意，然后就走了。他因为买到了一件有人眼热的家具而暗自高兴。

可是，还没等他走出十步，那个年轻人就追了上来。他手拿一顶帽子，用一种彬彬有礼的语气说道：

“先生，请您原谅，我想问一个十分冒昧的问题——您是不是专门来买这张写字台的，而且非它不可呢?”

“不是，我是来寻找一个旧秤，称体重用的秤。”

“所以，您不是非买它不可。”

“不，我是非买它不可。”

“因为它是件古典家具，还是……”

“因为它用起来很方便。”

“既然如此，您一定会愿意用它来换一张用起来同样方便，但比它更新一点儿的写字台!”

“这一张就不旧，我觉得没有必要换。”

“不过……”

热尔布瓦先生是个特别容易发火的人。他生硬地回答道：

“好了，先生，请不要再说了。”

那个陌生人站到他面前说：

“我不知道您花了多少钱，先生……我愿意出双倍的价钱。”

“不卖。”

“三倍?”

“啊！够了!”数学教师不耐烦了，“属于我的东西我是不卖的。”

年轻人目不转睛地看着他，那表情让热尔布瓦先生终生难忘。然后，那人转过身去，一声不响地走了。

一个小时以后，家具被送到了数学教师在维罗弗莱路的小房子里。

他把女儿叫来说：

“这是送给你的，苏珊，如果你喜欢的话。”

苏珊是个美丽的女孩儿，生性活泼，情感外露。她搂住父亲的脖子，紧紧地拥抱他，好像父亲送给她的是一件皇家的礼物。

她当天晚上就在女用人奥尔当丝的帮助下，把那件家具搬到自己的房间里，开始擦洗那些抽屉，并且把自己的资料、信件与收藏的明信片，以及几件精心保存的关于表兄菲利普的纪念品整整齐齐地放到里面。

第二天，热尔布瓦先生七点半就去学校了。到了十点钟，苏珊按照习惯，开始在学校门口等他。对他来说，每次看到女儿站在学校栅栏对面的人行道上，看到她那优雅的倩影和她那充满童真的微笑，都是一种很大的安慰。

他们一起回到了家里。

“你的写字台怎么样？”

“好极了！我和奥尔当丝两个人把写字台上的铜把手都擦干净了，看上去简直跟金的一样。”

“这么说，你很满意了？”

“何止是满意！我都不知道没有它我该怎么办。”

他们穿过房前的花园，热尔布瓦先生提议道：

“咱们吃午饭以前再去看看它，怎么样？”

“对，对，这是个好主意。”

她在前面上楼，走到房间门口的时候惊叫了一声。

“怎么了?”热尔布瓦先生轻轻地问道。

他也走进房间，发现写字台不见了。

……让预审法官惊讶的是：搬运手段如此简单。趁苏珊不在家、女用人去买菜的工夫，一个头戴徽章的警长——邻居们都看见了——把他的运货马车停在花园门口，按了两次门铃。街坊们不知道女用人不在家，一点儿都没起疑心。于是，那个人大摇大摆地把事情干完了。

值得注意的是：没有一扇衣柜门被撬开，也没有一个挂钟被碰过，尤其是，苏珊放在写字台大理石台面上的皮夹子，如今被放到旁边的桌子上，里面的金币一个不少。因此，盗窃动机非常明确，这反而使它变得难以理解。说到底，为一件这么不值钱的东西去冒这么大的风险，究竟是为了什么呢?

数学教师所能提供的唯一线索，就是前一天所发生的事。

“我一拒绝，那个年轻人就显得非常不高兴，我看到他是带着明显的威胁神态离去的。”

这个线索实在是太不具体了。警方询问了旧货商，两个顾客他都不认识。至于那件“货”，是他在舍弗勒兹的一个房主去世后出售遗物时花四十法郎买的。如今卖的这个价钱，他觉得很值。此后的调查一无所获。

但是，热尔布瓦先生深信自己损失惨重，写字台某个抽屉的夹层里肯定隐藏着一笔巨大的财富，那个年轻人知道这个秘密，所以才如此果断地干这件事的。

“我可怜的爸爸，我们要那笔财富有什么用呢?”苏珊不停地这样说道。

苏珊的感情都倾注到了表哥菲利普身上。表哥是个终日叹息的可怜虫。在这座凡尔赛的小房子里，生活还在继续，不过，不再像以前那么愉快，那么无忧无虑了，它被一种怀念与失落的阴影笼罩着。

两个月过去了。突然，一连串的严重事件，一系列始料不及的“福”与“祸”，一件接一件地发生了。

二月一日下午五点半，热尔布瓦先生手里拿着一份晚报回到家里。他戴上眼镜，开始读报。他对政治不感兴趣，就翻过了那一版。一篇文章立刻吸引了他的注意力，内容是：

新闻协会彩票三次抽奖，第二十三套第五一四号彩票中奖一百万……

报纸从他手里掉了下去，四面墙壁在他眼前摇晃起来，他的心脏停止了跳动。第二十三套第五一四号，那正是他买的彩票的号码。那是他帮一个朋友买彩票的时候顺便买的——他不太相信命运的眷顾。可是，他居然中奖了！

他立刻翻开记事本，“第二十三套第五一四号”的字样确实写在上面，他当时因为怕忘了，就把号码记在备忘录里了。可是，彩票呢？

他朝书房跑去，想去翻他那个装信封的盒子，因为他把那张宝贵的彩票塞到一个信封里了。可是，他刚一进门就站住了，身体又摇晃起来，心也缩紧了——装信封的盒子不见了。更可怕的是，他突然意识到，那个盒子已经有好几个星期不见了。好几个星期以来，他在办公桌上批改学生作业的时候，就没看见过那个盒子！

花园的路上传来一阵脚步声。他喊道：

“苏珊！苏珊！”

她匆匆地跑上楼，跑了进来。他结结巴巴地说道：

“苏珊……盒子……信封盒子呢？……”

“哪个盒子？”

“在某个星期四，我从卢浮宫买回来的那个盒子，一直放在这张桌子边上的。”

“你还记得吧，父亲……是咱们俩一起把它收起来的……”

“什么时候？”

“那天晚上……你知道……前一天……”

“到底放到哪里了？……回答我……你急死我了……”

“放到哪里？……放到写字台抽屉里了。”

“放到被盗的写字台里了？”

“是啊！”

“放到被盗的写字台抽屉里了！”

他惊恐地轻轻重复着这句话，然后握住她的手，用更低的声音说道：

“那个信封里装着一百万哪，我的闺女……”

“啊？父亲，你怎么——没告诉我呢？”她天真地说道。

“一百万！”他接着说道，“是中奖的新闻彩票。”

这场深重的灾难把他们给压垮了。他们沉默良久，没有勇气去打破它。

最后，苏珊轻轻地说道：

“父亲，反正人家是不会给你奖金的。”

“为什么？有什么凭据？”

“难道还需要什么凭据吗？”

“那当然！”

“可你没有啊！”

“不，我有！”

“什么凭据？”

“彩票在信封盒子里。”

“是在那个已经丢了的盒子里？”

“对。那个人会去领奖的。”

“他要这么干可实在太可憎了！可是，父亲，你能阻止他吗？”

“我怎么知道！那个人实在太厉害了！他太神了……你别忘了……那件家具的事……”

他猛地站了起来，跺着脚说道：

“不，不，不，他拿不到那一百万！他怎么能拿得到呢？说到底，不管他有多大的能耐，都无能为力。如果他去领那笔钱，别人就会把他给抓起来！啊！咱们走着瞧吧，我的伙计！”

“难道有什么主意了吗，父亲？”

“我的主意就是捍卫我们的权利，捍卫到底，不管发生了什么事！我们一定会胜利的……那一百万是属于我的，我一定会得到它的！”

几分钟以后，他发出了下面这封电报：

巴黎，旱金莲街，信贷银行总裁。本人是第二十三套第五一四号彩票的拥有者。本人将使用各种合法手段阻止他人领取该奖金。

热尔布瓦

几乎与此同时，基金会收到了另外一封电报：

本人拥有第二十三套第五一四号彩票。

亚森·罗平

每当我开始讲述关于亚森·罗平生活中的那些趣事时，都会感到一种由衷的困惑，因为我知道，我所要讲的任何亚森·罗平的经历，哪怕是最平庸的经历，我的读者都已经了如指掌了。我们这位被誉为“江洋大盗”的先生没有一个举动不被人们从各个角度、各个层面进行剖析和研究，没有一次行动不被人们用歌颂英雄的语言来详细评述。

比如，那个金发女郎的蹊跷故事，还有记者们用大写字母写的标题《第二十三套第五一四号彩票》……亨利·马丁大街案……蓝钻石案……还有围绕着那位闻名遐迩的英国大侦探夏洛克·福尔摩斯的报道！这两位伟大的“艺术家”之间博弈的每一个细节，都曾引起热烈的评论！而那一天，当报贩子在巴黎的大街上高喊“亚森·罗平被捕了”时，引起了何等的轰动啊！

不过，我可以为自己今天要说的话进行辩解，因为我可以揭开谜底。关于亚森·罗平的那些故事里还是有些谜团的，而我可以解开这些谜团。我会再现那些被人们读了一遍又一遍的文章，我会重复昔日的访谈，不过我会对它们进行分类、整理，让它们接受考验。我的合作者就是亚森·罗平本人，他和我之间，可以说是友谊地久天长，正如福尔摩斯和那个不可或缺的知己华生一样。

大家还记得，那两封电报在报上发表以后，读者发出了开心的笑声。单单亚森·罗平的名字，就足以确保后来事态的发展不可预测，并且确保取悦于公众。

信贷银行很快就对此事进行了调查。调查的结果是：第二十三套第五一四号彩票通过里昂信贷银行凡尔赛分行卖给了炮兵少校贝西，但少校因骑马而摔死了。人们从他的遗言中得知，他把那张彩票转让给了一个朋友。

“这个朋友就是我。”热尔布瓦先生肯定地说。

“那您就拿出证据吧！”信贷银行总裁说道。

“让我拿出证据？那太容易了。我可以让二十个人出来证明，我和上校过从甚密，我们经常在兵器广场的咖啡馆里见面。正是在那里，有一天，他处境尴尬，我用二十法郎从他手里买下了这张彩票。”

“您有证人吗？”

“没有。”

“那您怎么能证明这一点呢？”

“我可以用他就这件事所写的信来作证。”

“什么信？”

“一封跟彩票别在一起的信。”

“请出示这封信。”

“信放在那个被盗的写字台抽屉里了！”

“那您就去找那个写字台吧！”

而亚森·罗平却出示了这封信。《法兰西回声报》（这份报纸有幸成了机关报，罗平好像是报纸的主要股东之一）上面刊登了一篇说明文章，表示他把那封信（贝西上校给他写的信）交给了自己的律师德迪南先生。

这条消息令公众捧腹大笑：亚森·罗平请了律师！亚森·罗平竟然尊重国家法律，请了一位律师作为自己的代理人！

媒体的记者都涌向了德迪南律师的事务所。德迪南律师是一位有影响的激进派议员，为人正直廉洁，十分睿智，又有点儿像个怀疑论者，做事经常自相矛盾。

德迪南律师从未与亚森·罗平谋面，他为此深感遗憾。不过，这一次他确实刚刚被罗平聘请，颇感荣幸，准备尽最大努力为自己的这位客户进行辩护。他打开刚刚建立起来的卷宗，拿出了上校的信。这封信完全证实了彩票是被转让的，但里面并没有提到被转让人的姓名。“我亲爱的朋友……”信里只有这样的称谓。

“‘我亲爱的朋友’指的就是我。”亚森·罗平附在上校那封信里的说明中这样写道，“最好的证据就是：我拥有这封信。”

记者们立刻像潮水一样涌进热尔布瓦先生的寓所，后者只能反复说：

“‘我亲爱的朋友’指的不是别人，就是我。亚森·罗平连同彩票一起偷走了这封信。”

“让他拿出证据来！”亚森·罗平反驳道。

“可是，他偷走了写字台！”热尔布瓦先生面对记者大声喊道。

亚森·罗平反驳道：

“让他拿出证据来！”

第二十三套第五一四号彩票的两个拥有者之间的这场公

开的“决斗”，使得这群记者在两人之间不停地往返，大饱眼福。不慌不忙的亚森·罗平与暴跳如雷的热尔布瓦先生形成了鲜明的对比，就像演出了一场别出心裁的闹剧。

可怜的热尔布瓦！媒体记者的耳朵里灌满了他的哀诉。他用一种感人的语气讲述着自己的不幸遭遇。

“你们要明白，先生们，那个无赖从我这里偷走的是苏珊的嫁妆啊！对我本人来说，那是无所谓的东西，可是，对苏珊来说就不一样了！请你们想一想，一百万啊！十个十万法郎啊！我早就知道那个写字台里装着宝藏了！”

有人对他说，他的对手拿走那件家具的时候，并不知道里面放着一张彩票，不知道那张彩票会中大奖。可他依然嘟囔着：

“得了吧，他知道……否则的话，他为什么要费那么大劲儿去偷走一件破家具呢？”

“原因不明，但肯定不是为了得到一张只值二十法郎的破纸。”

“值一百万！他知道……他什么都知道……啊！你们不了解他，这个强盗……因为他没有从你们手里偷走一百万！”

这场对话本来可以持续更长的时间，可到了第十二天，热尔布瓦先生收到了亚森·罗平寄来的一封信，信封上写着“机密”的字样。他怀着越来越忐忑不安的心情读着这封信：

先生：

公众正在拿我们取乐。您不认为现在到了该严肃一点儿的时候了吗？至少从我这方面来说，已经很严肃了。

现在问题很明显：我手里有彩票，但我没有权利去领奖。而您呢，您有权利领奖，手里却没有彩票。因此，我们俩都无能为力。

而且，您肯定不会把您的权利让给我，我也不会把我的彩票让给您！

那么，怎么办呢？

依我看，只有一个办法：平分。五十万法郎给您，五十万法郎给我，这很公正吧？所罗门的这个判决不是正符合我们俩对公正的需求吗？

这是公正的解决办法，也是必须立即执行的解决办法。这不是一种您可以讨价还价的赠予，而是形势所迫，您只能屈服。我给您三天时间考虑。星期五早晨，我希望自己能在《法兰西回声报》的小告示栏里看到一个给亚森·罗平先生的措辞隐晦的留言，表明您完全接受我的条件。这样，您就可以拿到您的彩票，去领取您的一百万法郎了。不过有个条件：必须按照我告诉您的方式交给我五十万法郎。

如果您拒绝，那么我会采取措施，以得到同样的结果。但是，如此一来，您除了因为自己的固执而自讨诸多麻烦之外，还要被扣掉两万五千法郎作为附加手续费。

顺致崇高敬意！

亚森·罗平

怒不可遏的热尔布瓦先生犯了一个绝顶的错误：公开了这封信，还让人誊写了一份。愤怒让他做出了各种各样的蠢事。

“他休想得到一分一厘！休想得到一分一厘！”他冲着面前的一群记者喊道，“和他平分属于我的钱？绝不！让他把彩票撕了好了，如果他愿意的话！”

“可是，能拿到五十万，总比一分也没有好吧！”

“这不是问题所在，事关我的权利。这个权利，我要在法庭上索取。”

“上法庭控告亚森·罗平？这太可笑了。”

“不，我控告的是信贷银行，他们应当给我一百万。”

“但您必须出示彩票，至少要出示您买彩票的证据。”

“证据还在，因为亚森·罗平承认他偷走了写字台。”

“亚森·罗平的话在法庭上能站得住脚吗？”

“那我不管，我一定要把官司打到底。”

公众听得兴高采烈。人们开始打赌，一些人认为亚森·罗平会把热尔布瓦先生打垮，另一些人则认为他要为自己的威胁付出代价。人们感到一种不安，因为这两个人的力量实在太悬殊了，一个在凶猛地出击，另一个却像被追赶的猎物一样，在瑟瑟发抖。

到了星期五，人们争相购买《法兰西回声报》，急不可耐地阅读第五版，并在小告示栏里寻找——没有一个字是写给亚森·罗平先生的。热尔布瓦先生用沉默回答了亚森·罗平的命令，这就等于宣战。

当晚，人们从报上得知了热尔布瓦小姐被绑架的消息。

在这出戏里，最让我们感到开心的是：警察在其中扮演了非常可笑的角色。是亚森·罗平在说，在写，在通告，在命令，在威胁，在执行，就好像根本不存在警察、探长。总之，任何人都阻止不了他实施自己的计划，上述这一切都等于零。

然而，这些警察确实在忙活。只要一牵涉到亚森·罗平，警方就会立马行动起来，所有人都像身上着了火，怒不可遏，热血沸腾。他是他们的敌人，挑衅、嘲弄、蔑视，简直无视他们的存在。

如何来对付这样一个敌人呢？按照女用人的证词，苏珊是在差二十分十点的时候出的门。她父亲十点五分从学校出来的时候，没有看见她像往常一样站在人行道上等他。因此，可以断定，一切都是在苏珊从家到学校，至少是到学校附近的这二十分钟的时间里发生的。有两个邻居证明说，他们在离她家三百米左右的地方碰到过她。一位女士说，她曾经看到一个样子像苏珊的姑娘沿着大街往前走。后来呢？后来的情况就没人知道了。

人们从各个方面进行了调查，询问了各个火车站和入市税征收站的工作人员，他们都说那天没发现任何与女孩儿被绑架有关的迹象。不过，在维尔达弗雷，一个食品杂货店的老板说，他给一辆从巴黎驶来的汽车加过油。车前座上坐着司机，后座上坐着一个金发女郎——头发格外黄。一小时以后，那辆汽车从凡尔赛回来了。因为堵车，那辆车开得很慢，所以杂货店老板才发现，刚刚见过的那个金发女郎旁边又多了一位女士，脸上蒙着面纱，头上包着围巾。毫无疑问，那就是苏珊·热尔布瓦。

可是，这就意味着绑架是在光天化日之下，在一条车水马龙的大街上，而且是在市中心发生的!

怎么绑架的？在哪个地方？没有听到一声喊叫，没有发现一丝绑架的迹象。

杂货店老板介绍了那辆车的特征。那是一辆老式“标致”牌汽车，车身是深蓝色的。为了碰碰运气，有人去“大车库”公司了解情况。公司经理鲍伯·瓦尔图尔女士是汽车绑架案的专家。星期五早晨，她确实把一辆“标致”牌汽车租给了一位金发女郎，租了一天。后来，她再也没见过那个女人。

“那司机呢?”

“司机是一个叫恩斯特的人，是前一天雇的，证件齐全。”

“他在你们这儿吗?”

“不在。他把车送回来之后，我就再也没有见过他。”

“我们能找到关于他的线索吗?”

“可以去向那些推荐他的人了解。这是那些人的姓名。”

找到那些人之后才发现，谁都不认识那个叫恩斯特的人。

就这样，尽管有了一些线索，但是又走进了另外一片黑暗，发现了另外一个谜团。

热尔布瓦先生实在无力应对这场灾难性的战斗。自从女儿失踪以后，他的悲痛难以平息。他追悔莫及，只好举手投降了。

《法兰西回声报》上刊登了一条人人都在评论的新闻，完全表达了他的屈服，没有丝毫的悬念。

亚森·罗平胜利了，这场战斗只用了四天时间就结束了。

两天之后，热尔布瓦先生穿过了信贷银行的院子。他被引到总裁面前，有人递给他那张第二十三套第五一四号彩票。总裁吓了一跳。

“啊！您拿到了？还给您了？”

“放错地方了！找到了。”热尔布瓦先生回答道。

“可是，您不是说……不是……”

“那一切都是别人胡编乱造的。”

“但是，我们毕竟还需要一些证据。”

“上校的信够了吧？”

“那当然。”

“这就是。”

“很好。请把这些材料都留下来，我们需要两周时间进行确认。一旦可以来柜台兑现，我们会马上通知您的。在此之前，先生，我想您最好什么话都不要说，用绝对的沉默来结束这件事。”

“我正是这么想的。”

热尔布瓦先生没有向任何人提及此事，总裁也没有。不过，有些秘密是无须任何不慎就会被泄漏出去的。于是，人们突然得知，亚森·罗平竟然把那张第二十三套第五一四号彩票还给了热尔布瓦先生！这个消息令人惊讶。毋庸置疑，一个能把彩票这种宝贵的王牌抛到赌桌上的人，绝对是个好玩家！当然，他是在最适当的时机把它抛出去的。可是，万一那个姑娘逃走了呢？万一人们能解救被他关押的人质呢？

警方发现了对手的软肋，便增加了警力。亚森·罗平自己解除了武装，自己缴了械，陷入了他自己编织的网里。那让他垂涎欲滴的一百万法郎，他连一分钱都拿不到了……于是，那些旁观者立刻转换了阵营。

首先要找到苏珊。大家没能找到她，但她也没逃跑！

“管它呢！”人们说，“罗平赢了第一局！”但是，最困难的还在后面。热尔布瓦小姐还在他手里，这一点我们得承认，而且只能用五十万法郎来换人。可是，在哪里交换？交换如何进行？要想进行交换，首先要有约会。那么，到时候谁能阻止热尔布瓦先生报警，从而既找回女孩儿，又保住那笔钱呢？

记者采访了那位中学老师。他情绪非常低落，希望保持沉默，显得有点儿刀枪不入。“我没什么可说的。我在等待。”

“热尔布瓦小姐有消息吗？”

“还在寻找。”

“亚森·罗平给您写信了吗？”

“没有。”

“您肯定吗？”

“不。”

“那就是说——写了。他对您做了什么暗示呢？”

“无可奉告。”

人们包围了德迪南律师，他同样保持沉默。

“罗平先生是我的客户，”他故作严肃地回答道，“你们应当理解，我必须绝对谨慎。”

这种神秘感愈发影响了公众的情绪。很明显，他们正在暗中策划各种方案。亚森·罗平控制着自己编织的网，并且正在把它拉紧。与此同时，警方日夜监视着热尔布瓦先生。

人们在研究下面这三种可能性：抓捕、取得全胜、既可笑又可悲的失败。

可是，公众的好奇心有时候只能得到部分满足，下面发生的事就印证了这种情况。

三月十二日，星期二，热尔布瓦先生收到了信贷银行的通知。通知是放在一个看上去很普通的信封里寄来的。

星期四下午一点，他乘火车去了巴黎。两点钟的时候，有人把一千张一千法郎的钞票交到了他手里。

正当他一张一张地数那些钞票的时候，有两个男人坐在一辆停在银行大门附近的汽车里交谈。其中一个头发灰白，面部表情刚毅，与他那身小职员的装束形成了鲜明的对比。那是加尼马尔探长——罗平不共戴天的对手。加尼马尔对队长弗朗方说道：

“快了……用不了五分钟就能见到咱们那个老伙计了。一切都准备好了吗？”

“绝对没问题！”

“咱们有多少人？”

“八个，其中两个人骑车。”

“我一个顶三个。人手够了，可也不算多。我们要不惜一切代价，千万不能让那个热尔布瓦跑了……否则就完了：他会到约会地点去见罗平，罗平会用他女儿和他换那五十万。”

“可这老头儿为什么不和我们合作呢？那会使事情变得非常简单。我们一介入，他就可以拿到一百万了。”

“不错，可他害怕。如果那个人牵涉进来，他就失去女儿了。”

“那个人是谁?”

“他。”

加尼马尔用一种严肃的、心事重重的语气说出这个字，仿佛在说一个超人。他似乎已经领教过这家伙的一双利爪了。

“这很可笑。”警察队长弗朗方恰如其分地说道，“我们必须保护这位先生，让他防着点儿。”

“一涉及罗平，整个世界就颠倒了。”加尼马尔叹着气说道。

一分钟过去了。

“注意!”他说。

热尔布瓦先生出来了。到了旱金莲街的尽头，他向左拐去。他走得很慢，看着每一个摊位上的商品。

“他过于平静了!”加尼马尔说道，“一个口袋里装着一百万法郎的人是不会这么平静的。”

“他到底想干什么呢?”

“哦，什么都不想干，非常明显……管他呢，我很警惕。罗平，就是罗平。”

这时，热尔布瓦先生朝一个报亭走去，买了份报纸，翻到其中一页，胳膊朝前伸着，慢慢走着，开始读起报来。突然，他跳了起来，钻进了停在路边的一辆汽车。汽车没有熄火，立马就开走了，超过了那辆“马德莱娜”牌汽车，不见了。

“妈的!”加尼马尔喊道，“这又是他的一招!”

他冲了出去，其他那些等在加尼马尔周围的人也都跟着向前冲去。

但是，他很快就笑了起来——在马莱尔伯街入口处，那辆汽车停了下来，抛锚了。热尔布瓦先生从车上下来了。

“快，弗朗方……司机……很可能就是那个恩斯特。”

弗朗方去找那个司机，得知他叫加斯东，是出租汽车公司的职工。十分钟以前，一位先生雇了他，让他在报亭旁边集中精力等待，一直等到另外一位先生出现。

“那第二个顾客，”弗朗方说道，“他给了您什么地址？”

“没有……具体地址……马莱尔伯街……梅西纳街……双份小费……就这些。”

可是，就在这个时候，热尔布瓦先生没有浪费一分钟，跳上了驶过来的第一辆汽车。

“司机，去协和广场地铁站。”

数学教师从王宫广场地铁站出来，跑到另外一辆汽车跟前，让司机把他拉到交易所广场。他再一次坐上地铁，到了维利尔街，上了第三辆汽车。

“司机，去克拉佩隆街二十五号。”

克拉佩隆街二十五号与巴蒂尼奥尔街被两街交会处的一座房子分开了。他上了二楼，按响了门铃。一位先生给他开了门。

“德迪南律师是住在这里吧？”

“本人就是。您是热尔布瓦先生吧？”

“正是。”

“我正在等您，先生。请进吧！”

热尔布瓦先生走进律师办公室的时候，挂钟的时针刚好指到三点。他立刻说道：

“这是给我规定的时间。他没来吗？”

“他还没到。”

热尔布瓦先生坐下来，擦了擦头上的汗，看着手表，就好像不知道现在是几点似的。

“他会来吗？”

律师回答道：

“您问的这个问题也是我在这个世界上最想弄清的问题。我从来没有像现在这样着急过。不管怎么说，他只要来，就要冒很大的风险，因为两个星期以来，这座房子一直在受严密监视……他们不相信我。”

“那他们就更不相信我了。所以，我不敢确认跟在我后面的那些警察是不是被我给甩掉了。”

“那么……”

“这不是我的错，”数学教师大声说道，“他无权对我进行一丝一毫的谴责。我是怎么答应的？答应服从他的命令。因此，我盲目地执行了他的命令，按照他规定的时间去银行取了钱，又按照他规定的方式来到了您这里。女儿的不幸是我酿成的，所以我严格地履行了自己的承诺，他也要履行自己的承诺。”

接着，他惴惴不安地补充道：

“他会把我女儿带来的，对吧？”

“我想是的。”

“可是……您见过他吗？”

“没有！他只是写信请我接待你们两个人，让我在三点钟以前把仆人都打发走，在您到来之后、他离去之前不要放任何人进来。如果我不同意这个建议，就得在《法兰西回声报》上刊登两行字。我非常愿意为亚森·罗平效劳，所以我答应了他的所有要求。”

热尔布瓦先生嘟囔道：

“唉！这一切该怎么收场啊！”

他从口袋里掏出那些钱，把它们分成数量相同的两摞，放到了桌子上。然后，他们两个人就都沉默不语了。热尔布瓦先生时不时地竖起耳朵听着……有人按铃了吧？

时间一分一秒地过去了，他越来越六神无主，德迪南律师也显得惴惴不安。

律师猛地站起身来说：

“我们不会见到他了……您想啊，他要是来了，就是发疯了！不错，他信任我们，因为我们都是正直的人，不可能出卖他。可是，危险不仅仅在这里。”

热尔布瓦先生双手用力按住那些钱，喃喃地说道：

“让他快点儿来吧，我的上帝！我把所有的钱都给他，来换回苏珊！”

门开了。

“一半就够了，热尔布瓦先生。”

一个穿着讲究的年轻人站在门口。热尔布瓦先生立刻认了出来，他就是那个在凡尔赛的那家旧货店门口跟他搭话的人。他朝那个人冲了过去。

“苏珊呢？我女儿在哪里？”

亚森·罗平仔细关好门，一边不慌不忙地摘下手套，一边对律师说道：

“我亲爱的律师，我真不知道该如何感谢您！感谢您答应为我辩护，我永远不会忘记这一点。”

德迪南律师喃喃地说道：

“可是，您没有按门铃啊……我没听见门响……”

“门和门铃都是些不中用的东西。我还是来了，这是最主要的。”

“我女儿呢？苏珊呢？您把她怎么样了？”

“天哪，先生，”罗平说道，“您太心急了！您就放心吧，再过一会儿您女儿就会投入您的怀抱。”

他在房间里来回走了一会儿，然后用一种绅士的语气称赞起来：

“热尔布瓦先生，我对您在刚才的行动中表现出的机敏表示赞赏！如果那辆汽车没有出那个可笑的故障的话，我们就会在星形广场见面了，就不必像现在这样打扰德迪南律师了……说到底，现在这种见面方式是原来就安排好的。”

他发现了桌子上的两摞钞票，于是大声说道：

“啊！太好了，一百万都在这儿了。咱们就不浪费时间了。您允许吗？”

“可是，”德迪南律师站到桌子前面说道，“热尔布瓦小姐还没到呢。”

“那么……”

“那么，她必须在场吗？”

“我明白！我明白！亚森·罗平只能得到别人的相对信任。他可能把五十万法郎装进口袋，却不放人质。啊！亲爱的律师，我是被人误解了！命运引导我做了一些性质有点儿……特殊的事情，所以大家就对我的信誉产生了怀疑……怀疑我这个最一丝不苟、高尚、正直的人！而且，我亲爱的律师，如果您害怕，请打开窗户喊人，街上足有一排警察。”

“您这么想？”

亚森·罗平掀起了窗帘。

“我觉得热尔布瓦先生不可能甩掉加尼马尔……我怎么说来着？他就在那儿，我的这位朋友！”

“这怎么可能？”数学教师喊道，“我向你们发誓……”

“发誓您没有出卖我？……我对此一点儿都不怀疑。不过，那些警察很机灵。喏，我看见弗朗方了！……还有格蕾奥姆！……还有迪约奇！……我的好朋友全都来了！”

德迪南律师惊讶地看着他。他是那么镇定自若！他笑得那么开心，就像在玩儿一种儿童游戏，任何危险都不能对他构成威胁。

他这种无忧无虑的样子让律师很放心。律师离开了那张桌子——那张放着两摞钞票的桌子。

亚森·罗平一摞一摞地拿起钞票，从每摞里拿出二十五张，递给德迪南律师……

“这是热尔布瓦先生给您的酬金，亲爱的律师，还有亚森·罗平的。我们应当付给您这笔费用。”

“你们不需要付给我任何费用。”德迪南律师说道。

“为什么？我们给您带来的麻烦太多了！”

“这些麻烦给我带来了无尽的快乐！”

“这就是说，我亲爱的律师，您不愿意接受亚森·罗平的钱。唉！这就是……臭名远扬啊！”说完，他叹了口气。

他把那五万法郎递给数学教师：

“先生，为了纪念我们的偶然相遇，请允许我把这个交给您！这将是我送给热尔布瓦小姐的结婚礼物。”

热尔布瓦先生急忙拿起那些钱，嘴里却说：

“我女儿不结婚。”

“如果您不答应，她当然就结不了婚了。不过，她可是迫切地想结婚。”

“您都知道些什么?”

“我知道年轻姑娘常常会在爸爸不允许的情况下向往爱情。幸亏有像亚森·罗平这样的好人，他在写字台的抽屉深处发现了这些可爱的心灵秘密。”

“您在写字台里没发现别的秘密吗?”德迪南律师问道，“我承认，我很想知道为什么这个写字台会受到您如此的青睐。”

“由于历史的原因，我亲爱的律师……尽管事情不像热尔布瓦先生认为的那样，里面除了那张彩票之外就再也没有别的财宝了，而我却对此一无所知。我喜欢这张写字台，而且寻找了很久。这张用紫杉木和桃花心木做的写字台上，装饰着华丽的柱头，这是人们在玛丽·瓦莱夫斯卡①于布洛涅的寓所里发现的。写字台的一个抽屉上写着下面的字样：献给法国皇帝拿破仑一世，忠诚的奴仆芒西翁敬上。下面还有用刀刻的字：‘送给你，玛丽。’后来，拿破仑让人把这个字样刻在了约瑟芬皇后的写字台上。因此，人们今天在玛尔梅松②看到的那张写字台只是一个蹩脚的复制品，真品被我收藏了。”

数学教师嘟囔着：

“唉！如果我在旧货店里就知道这些情况的话，一定会

---

① 玛丽·瓦莱夫斯卡（Marie Waleswska，1789—1817），波兰人，伯爵夫人，后成为拿破仑的情妇，并为其生有一子。——译者注

② 约瑟芬与拿破仑离婚后居住的寓所。这张写字台今天收藏在家具真品库中。——译者注

马上把它让给您的！”

亚森·罗平笑着说：

“您还会得到更大的好处——单独拥有那张第二十三套第五一四号彩票。”

“这样一来，您就不会绑架我女儿了。现在发生的这一切肯定让她受惊了。”

“这一切……”

“绑架啊……”

“亲爱的先生，您搞错了，热尔布瓦小姐没有被绑架。”

“我女儿没有被绑架？”

“根本没有。绑架意味着暴力，而她是心甘情愿做人质的。”

“心甘情愿？”热尔布瓦先生困惑地重复着这句话。

“几乎是在她的请求之下！一个像热尔布瓦小姐那么聪明的姑娘，心中悄悄地燃烧着炽烈的爱情之火，她怎么会放过获取嫁妆的机会呢！啊！我向您保证，我们很容易让她明白，没有其他办法能战胜您的固执。”

德迪南律师觉得这一切都很好玩儿。他说道：

“最困难的是……您如何才能和她达成一致？热尔布瓦小姐不会让你们碰她的。”

“哦，对我来说就不一样了。我甚至没有认识她的机会——是我的一位女友出面进行这场谈判的。”

“啊，大概就是坐在汽车里的那位金发女郎吧！”德迪南律师打断了他的话。

“正是她。刚刚在学校门口见面，问题就解决了。然后，热尔布瓦小姐就和她的新朋友一起去旅行了，去了比利时、荷兰。对一个年轻女孩儿来说，这种旅行方式最惬意，也最能增长知识。况且，她自己会告诉您的……”

有人按前厅的门铃，先按了三下，又按了一下。

“是她。”罗平说道，“我亲爱的律师，如果您愿意的话……”

律师急忙去开门。

两个年轻女人走了进来，一个投入热尔布瓦先生的怀抱，另外一个走到罗平身边。走到罗平身边的女人身材颀长、匀称，面色白皙，头发金黄。她身着黑色衣裙，只戴着一条玉石项链，却显得十分高雅、考究。

亚森·罗平跟她说了几句话，然后向热尔布瓦小姐致意：

“请小姐原谅所有的这些磨难，不过，我希望您没有觉得难过和不幸。”

“不幸？要不是我那可怜的父亲，我会感到很幸福的！”

“那就太好了。再拥抱一下您的父亲，好好利用这个机会——一个绝好的机会，跟他谈谈您的表兄吧！”

“我的表兄……什么意思？……我不明白……”

“不，您非常明白……您的表兄菲利普……那个您珍藏着他信件的人……”

苏珊脸红了，有点儿不知所措。最后，她听从了罗平的建议，再次投入了父亲的怀抱。

罗平用充满温存的目光看着他们两个人。

“人做了善事就会得到报答！他们的那种样子多么感人啊！幸福的父亲！幸福的女儿！应当说这种幸福是你给的，罗平！这些人将来会感激你的……你的名字将会被他们的子孙传颂……啊，家庭！家庭！……”

他走到了窗前。

“那个加尼马尔还在这儿吗？……他多么希望能够亲眼看到这个感人的温馨场面啊！……啊，不，他不在了……一个人都没有了……他不在，其他人也都不在了……要是他们都从能够通车的大门进来……到了看门人那里……甚至已经进了院子，我一点儿都不感到奇怪！”

热尔布瓦先生的身体不由自主地动了一下。现在女儿已经回到他身边，他又回到了现实中。对他来说，假如对手被捕，那就意味着另外那五十万……他不由自主地朝前挪了一步……就好像是无意的。罗平挡住了他的去路。

“您去哪里啊，热尔布瓦先生？您要保护我，不让他们逮捕我吗？您真是太善良了！请不用费心了……而且，我敢保证，他们现在比我还要麻烦。”

他一边思索，一边继续说道：

“说到底，他们能知道什么呢？知道您在这里。可能热尔布瓦小姐也在，因为他们一定看见她跟一位陌生的女士进来了。可是，我呢，他们可没想到，一座今天早晨他们从地窖到阁楼都仔细搜查过的房子，我怎么能进得来呢？不，最有可能的是，他们正在等候我的到来，在我行窃的时候逮捕我……除非他们料到这个陌生女士是我派来的，估计到她是负责进行交换的……在这种情况下，他们会准备好在她离开的时候逮捕她。”

门铃响了起来。

罗平猛地做了个手势，让热尔布瓦先生站住，用生硬的语气说道：

“不要动，先生！想想您的女儿，理智一点儿，否则……至于您，德迪南律师，您已经向我承诺过了。”

热尔布瓦先生停在了原地，律师也一动不动。

罗平没有一丝慌乱，拿起了帽子。帽子上有一点儿灰，他用袖口掸了一下。

“亲爱的律师，您什么时候需要我……我最美好的祝愿，苏珊小姐，并向菲利普先生转达我的问候。”

他从衣袋里掏出一块双层金壳表。

“热尔布瓦先生，现在是三点四十二分。到了三点四十六分，我就允许您走出客厅……三点四十六分，一分钟都不能早，听明白了吧？”

“可他们会强行进来的。”德迪南律师终于忍不住说道。

“您忘了法律了，我亲爱的律师！加尼马尔永远不敢擅自进入一个法国公民的家，我们有足够的时间打一局桥牌。不过，请原谅，你们三位看上去都很激动，我就不打扰了……”

他把金表放到桌子上，打开客厅门，对金发女士说道：

“您准备好了吗，亲爱的朋友？”

他在她前面让路，最后一次向热尔布瓦小姐深深地致意，然后就走了出去，关上了门。

他们听见他在客厅里大声对加尼马尔说道：

“您好，加尼马尔，最近还好吧？请转达我对加尼马尔夫人的美好祝愿……告诉她，我改天请她共进午餐……再见，加尼马尔。”

门铃又响了一下，很突然，接着又猛烈地响了几下，楼道里传来说话声。

“三点四十五分。”热尔布瓦先生喃喃地说道。

又过了几秒钟，他坚定地走进门厅，罗平和金发女郎已然都不在了。

“父亲！……不能！……再等等！……”苏珊喊道。

“等？……你疯了！……对这个恶棍手软……五十万呢……”

他打开了门。

加尼马尔冲了进来。

“那个女士呢……她在哪里？罗平呢？”

“他刚才在……他还在。”

加尼马尔发出了胜利的吼声：

“我们抓住他了……整座房子都被包围了。”

可是，德迪南律师指出：

“运货楼梯呢？”

“运货楼梯通到院子里，从那里根本出不去：大门有十个人把守。”

“可他并不是从大门进来的，所以也不会从大门出去……”

“那他会从哪里出去呢？……”加尼马尔反驳道，“总不会是飞吧！”

他拉开窗帘，窗外出现了一条长长的走廊，走廊通向厨房。加尼马尔顺着走廊跑过去，发现货梯门上了两道锁。

他从窗口朝楼下的警察喊道：

“没发现有人吗？”

“没有。”

“那么，他们一定还在这套房子里！藏在某个房间里……他不可能逃出去……啊，我的小罗平，你要弄过我，可这一回，我可要报仇了。”

晚上七点钟，保安局局长迪杜伊先生还没听到消息，他感到很奇怪，于是亲自来到了克拉佩隆街。他询问了那些看守那座房子的警察，然后上楼来到德迪南律师的家。律师请他进了自己的房间。在那里，局长看到一个人，更确切地说是两条腿，在地毯上抖动，而这个人的身子则钻进壁炉里面去了。

“喂！……喂！……”有人发出沉闷的声音。

有人从上面很高的地方声音微弱地回答道：

“喂！……喂！……”

迪杜伊先生笑着喊道：

“喂，加尼马尔，您怎么当起烟囱维修工了？”

警长从烟囱深处抽回了身子。他的脸是黑的，衣服上满是烟灰，两只眼睛闪着光，那样子简直让人认不出他来了。

“我在找他。”他嘟囔道。

“找谁啊？”

“亚森·罗平……亚森·罗平和他的那个女友！”

“啊！您以为他会藏到壁炉的烟囱里吗？”

加尼马尔抬起头来，用他那五个黑手指头抓住上司的袖子，气急败坏地说道：

“那您说他能藏在哪里？他们总得藏在什么地方吧！他们和咱们一样，是肉眼凡胎的人，总不能变成一股烟随风飘走吧！”

“不能，不过他们毕竟是走了。”

“从哪里走的？这座房子已经被包围了，连房顶上都有警察。”

“那隔壁的房子呢?”

“跟这座房子不相连。”

“那其他楼层的住房呢?”

“我认识所有的住户。他们没有看见任何一个人，也没听见任何动静。”

“您敢肯定认识所有的住户吗?”

“都认识。看门人可以为他们担保。而且，为了保险起见，我在每个住户的门前都布置了看守。”

“那我们应当能抓住他们啊!”

“我就是这么说的，长官，我就是这么说的。我们一定会抓住他们的，因为他们两个人都在这里，他们不可能不在。您就放心吧，局长，今天晚上抓不着，明天肯定能抓着……我今天晚上就睡在这里……就睡在这儿！……”

他确实是在这里过的夜，第二天也是如此，第三天也一样。三天三夜过去了，他既没有发现那个无法抓到的罗平，又没有发现那个无法抓到的女伴，就连一丁点儿能让人做出某种假设的蛛丝马迹都没发现。

正因为如此，他最初的判断没有改变。

“既然没有他们逃跑的痕迹，那就是说，他们还在这里!”

也许他心里并不真的这么确信，不过他不肯承认。不可能，绝对不可能，一个男人和一个女人，不可能像童话故事里说的那些鬼怪那样神秘地消失了。他没有丧失勇气，继续搜查、寻找，好像他们就藏在这座房子的某个旮旯里，趴在某块石头上似的。

二、 蓝钻石

三月二十七日，在那座小公馆里，在他哥哥半年前送给他的亨利·马丁大街一三四号的那座小公馆里，第二帝国时期驻柏林大使、老将军多特莱克男爵正坐在舒适的沙发里睡觉。他的伴读小姐正在给他读书。奥古斯特嬷嬷正在用长柄暖壶给他暖床，为他打开小夜灯。

十一点的时候，修女破例要回修道院，和修道院院长一起过夜。修女对伴读小姐说道：

“安托耐特小姐，我的事做完了，我走了。”

“好的，嬷嬷。”

“别忘了厨娘今天放假，公馆里就剩下你跟男仆了。”

“您不用为男爵担心了，我就按照咱们说好的那样，睡在隔壁房间，让门开着。”

修女走了。过了一会儿，仆人夏尔过来请示。男爵醒了，他亲自回答道：

“还是照常，看看您房间的电铃响不响。我一按铃，您就马上下来，跑去叫医生。”

“将军总是担心。”

“不行了，越来越不行了。安托耐特小姐，咱们读到哪里了？”

“男爵先生还不想上床吗？”

“不，不，我睡得很晚……不需要别人伺候。”

二十分钟以后，老人又打起盹儿来。安托耐特踮起脚尖轻轻地走了。

这时候，夏尔也像往常一样，把一楼所有的护窗板都关好了。

在厨房里，他把通向花园的门锁好。在门厅里，他把两个保险链扣在一起。然后，他来到四层，回到他那间阁楼上的卧室里睡觉。他很快就睡着了。

大约一个小时过去了，他突然从床上跳了起来，因为铃响了。铃响了有七八秒钟，而且是不停地响……

“好吧，”夏尔清醒过来，心想，“男爵肯定又异想天开了。”

他匆忙穿上衣服，飞快地跑下楼，习惯地在门口停下，敲了敲门。见没人答应，他就进去了。

“奇怪，”他喃喃地说，“怎么没有灯光……为什么灯都关了？”

于是，他轻轻地喊道：

“小姐！”

没人答应。

“您在吗，小姐？怎么了？男爵病了吗？”

周围还是一片寂静，死气沉沉。终于，他不安起来。他朝前迈了两步，脚碰到了一把椅子。他用手摸了一下，发现椅子倒了。很快，他的手又在地上碰到了别的东西—— 一个独脚小圆桌和一个屏风。他心里不由得七上八下，退回到墙边，摸索着寻找电灯开关。他找到了，打开了灯。

在屋子中间，桌子和大衣柜之间，躺着他的主人——多特莱克男爵。

“怎么……这怎么可能？……”他结结巴巴地说。

他不知道该怎么办，就一动不动，用惶恐的目光看着房间里那些乱七八糟的东西。椅子都倒在地上，一个很大的水晶烛台被摔得粉碎，挂钟掉在秘鲁大理石台子上，这一切都表明，刚才发生的搏斗十分可怕，十分野蛮。一把尖尖的匕首就在尸体旁边闪烁，匕首上还滴着血。床垫子边上，一条手帕浸满了血。

夏尔惊恐地叫了起来！躺在地上的男爵用尽最后的气力挣扎了一下，然后就慢慢地蜷缩起来……这样挣扎了两三下，就一动不动了。

他俯下身，发现男爵脖子上有一道很细的伤口在往外喷血，地毯上溅满了黑红色的血迹。夏尔脸上还留着惊恐的表情。

“有人杀了他，”他喃喃地说道，“有人杀了他。”

一想到还可能有一个人被杀害，他立刻浑身颤抖起来。伴读小姐不就睡在隔壁房间吗？杀害男爵的凶手会不会也杀了她？

他推开房门，发现房间里空空如也。他得出结论：安托耐特不是被绑架了，就是在谋杀发生之前离开了。

他回到男爵的房间，目光落在写字台上，发现这件家具没被撬开。

更使他感到意外的是，在男爵每天晚上都放在桌子上的那串钥匙和皮夹子旁边，放着一把金路易①。夏尔拿起皮夹子，一层一层地打开，看到其中一层里放着钞票。他数了数，一共是十三张面值一百法郎的票子。

---

① 法国金币名。——译者注

那诱惑无法拒绝！他下意识地、机械地拿出那十三张票子，藏进上衣口袋里，冲下楼梯，拉开门闩，解开锁链，又关上门，穿过花园逃跑了。

夏尔是个诚实的人，还没推开栅栏门，凉风一吹，脸被清凉的雨水一浇，就立刻停下了脚步。他意识到了刚才那个举动的性质，突然感到一阵恐慌。

一辆出租马车从旁边经过，他叫住车夫：

“伙计，赶快去警察局，把警长叫来！快点儿！出人命了！”

车夫朝马抽了一鞭。可是，夏尔想回到屋里去的时候，才发现进不去了：是他自己把栅栏门关上的，而栅栏门从外面是打不开的。

而且，他按铃也没用，因为公馆里一个人都没有。

于是，他就沿着大街向前走去。大街临拉穆尔特一侧的一座接一座的花园那修剪整齐的灌木丛，连成一条欢快的绿廊。一直等了一个小时以后，他才向探长汇报了案件的详细情况，并且把那十三张钞票交到了探长手里。

这期间，人们叫来一个锁匠，费了很大劲儿才把花园的铁栅栏门和前厅的门打开。探长上了楼，只看了一眼，就说道：

“瞧，您刚才说房间里一片狼藉。”

他转过身。夏尔仿佛被钉在门口了，被什么东西给迷惑住了：所有的家具都被放回到原处了。独脚桌立在两个窗户之间，椅子也都“站”了起来，挂钟挂在壁炉的烟囱上，枝形大烛台的碎片也不见了。

他惊愕万分，结结巴巴地说：

“尸体呢……男爵先生……”

“是啊，”探长大声说道，“被害人在哪里呢？”

他朝床走去，掀开一条大被单，单子下面躺着前法国驻柏林大使多特莱克男爵。他身上穿着将军制服，佩戴着荣誉勋章。

他双眼紧闭，脸上的表情很平静。

仆人喃喃地说道：

“有人来过。”

“从哪里进来的？”

“我不知道，但我不在的时候肯定有人来过了……看，刚才那边地上还有匕首……桌子上还有一条浸满血的手帕……现在什么都没有了……有人把一切都整理好了……”

“谁？”

“凶手！”

“可我们看到所有的门都关着。”

“那是因为他就在公馆里。”

“那他应当还在，因为您没有离开过道。”

仆人想了想，慢慢地说道：

“是……是……我没有离开过栅栏……不过……”

“说说看，您在男爵身边见到的最后一个人是谁？”

“安托耐特小姐——伴读小姐。”

“她在哪里呢？”

“我看到的是：她的床没有动过。她大概是趁着奥古斯特嬷嬷不在的机会，自己出去了。对此我并不感到奇怪，她很漂亮……年轻……”

“可她是怎么出去的呢?”

“从门出去的呗!”

“门您已经锁上了啊!”

“那是后来!我锁门的时候，她大概已经出去了。”

“这么说，凶杀是在她走后发生的?”

“那是自然。”

人们在公馆里到处寻找，从阁楼到地窖，但凶手已经无影无踪了。怎么跑的?什么时候跑的?究竟是凶手本人，还是他的一个同伙?是否应当返回犯罪现场，把一切可能让他受到牵连的痕迹都清除掉?这就是法庭需要解答的问题了。

七点钟，法医来了。八点钟，保安局局长到了。接着是检察官和预审法官，还有警察、警探、记者，以及多特莱克男爵的侄子和其他亲属，把公馆挤得水泄不通。

人们进行了搜索，按照夏尔的回忆分析了尸体的姿势。奥古斯特嬷嬷一回来，人们立刻对她进行了询问，但是一无所获。只是，奥古斯特嬷嬷感到安托耐特·布雷阿的失踪有些蹊跷。嬷嬷在是十二天以前根据这个姑娘过硬的证书把她雇来的，无法相信她会把病人扔在家里，深夜一个人跑出去。

“即便就是这样的话，”预审法官说道，“这个时候她也该回来了。我们又回到了问题的起点：她到底出了什么事?”

“我认为，”夏尔说道，“她是被凶手绑架了。”

“这种假设是可信的，并且和某些表面现象相吻合。”

保安局局长说道：

“绑架?我认为这是不可能的。”

“不仅不可能，”有人说道，“而且与事实和调查结果完全相反。总之，与明显的事实相反。”

那个人说话的语调很生硬，语气很粗暴，可当大家认出是加尼马尔时，也就不感到惊讶了。只有面对他时，大家才能容忍这种傲慢的语气。

“哦，是您啊，加尼马尔！”迪杜伊大声说道，“我没看见您。”

“我已经来了两个小时了。”

“这么说，您对与第二十三套第五一四号彩票事件无关的事，比如在克拉佩隆街发生的事、金发女郎和亚森·罗平的事也有点儿兴趣了？”

“啊！啊！”这个老警察冷笑着说，“我不认为罗平跟我们眼下的这件事没有一点儿关系……不过，我们暂且把彩票的事放一放，先搞清这里是怎么回事吧。”

加尼马尔不是那种闻名遐迩的大侦探，也就是说，他不是那种破案手段超群、大名载入司法史册的大侦探。他没有诸如杜平①和夏洛克·福尔摩斯那种照亮黑暗的灵感，不过，他还是有不少优秀品质的。他的长处在于，总是独立办案。如果不是亚森·罗平对他有一种诱惑力的话，那么就没有什么能够使他慌乱、可以影响他判断的东西了。

不管怎么说，这天早晨他的作用是很大的，与他的合作也是法官所期许的。

“首先，”他说道，“我要求夏尔先生明确一点：他第一次看到的那些被弄翻或者碰倒的东西，在他回来以后是不是

---

① 杜平为法国十九世纪著名法学家和法官。——译者注

又都回到平时所放的地方了?”

“全都回到原来的地方了。”

“因此，很明显，它们是被一个对它们原来所放的位置非常熟悉的人放回去的。”

这个看法让在场的人都感到很惊讶。加尼马尔接着说道：

“还有一个问题，夏尔先生……您是被铃声叫醒的……依您看，是谁叫您的呢?”

“当然是男爵先生啊!”

“就算是吧！可是，他是什么时候按铃的呢?”

“搏斗开始以后……临死的时候。”

“不可能，因为您发现他的时候，他已经躺在地上失去知觉了，而且是躺在离电铃四米远的地方。”

“那他就是在搏斗的时候按的铃……”

“不可能，因为您说了，电铃是不中断地连续响了七八秒钟。您认为那个袭击他的人会给他这么长的按铃时间吗?”

“那就是更早，他刚一受到袭击的时候。”

“不可能，因为您刚才告诉我们，您是在听到铃声以后进入他的房间的，中间最多隔了三分钟。如果男爵在这之前按了铃，那就意味着搏斗、谋杀、垂死和凶手逃跑都是在三分钟以内发生的。我再重复一次，这是不可能的。”

“可是，”预审法官说道，“确实有人按铃了，如果不是男爵，那会是谁呢?”

“是凶手。”

“出于什么目的?”

“我还不知道，但至少他按铃这件事说明，他知道这个电铃是通到一个用人的房间的。然而，如果不是一个住在这座房子里的人，会知道这个情况吗?”

怀疑的圈子缩小了。加尼马尔只用了几句简短、清晰、逻辑严谨的话，就把问题提出来了。这位老侦探的思想已经明确表达出来了，所以预审法官很自然地得出了结论：

“您怀疑安托耐特·布雷阿。”

“我不是怀疑她，我是在指控她。”

“您指控她是同谋?”

“我指控她杀害了多特莱克男爵。”

“这么肯定！证据呢?”

“证据就是我在被害人右手里发现的一绺头发，他的指甲都刺破那个人的肉了。”

他出示了那绺头发——一绺光亮如丝的金发。夏尔喃喃地说道：

“这是安托耐特小姐的头发，不会错。”

接着，他补充道：

“而且，还有其他情况……我觉得这把匕首……这把我没有见过第二次的匕首……是她的……是她用来裁书页的。”

一阵长长的、凝重的沉默，就仿佛因为这罪恶是一个女人犯下的而变得更加可憎似的。预审法官说道：

“在搞清更多的案情之前，姑且认为男爵是被安托耐特·布雷阿杀害的，但我们还需要弄清楚她在杀人以后是从哪里出去的；在夏尔先生离开以后，她是怎么进来的；在探长到来之前，她是怎么离开的。您对这些问题有什么想法吗，加尼马尔先生?”

“没有任何想法。”

“那么……”

加尼马尔脸上的表情有点儿尴尬。最后，他明显有点儿吃力地说道：

“我能说的就是，我在这里看到了与第二十三套第五一四号彩票案件同样的作案方法，凶手以一种神乎其神的方式消失了。安托耐特·布雷阿在这个公馆里的出现与消失，与亚森·罗平和那位金发女郎一起进入和离开德迪南律师的家一样——神出鬼没。”

“这就意味着……”

“这就意味着我不由自主地把这两种巧合联系起来，至少是很蹊跷。安托耐特·布雷阿是十二天前被奥古斯特嬷嬷雇来的，也就是说，是那个金发女郎从我手里溜走以后的第二天。另外，金发女郎的头发和我们在这里看到的头发完全是同一种亮丽的金黄色，闪着同一种金属般的光泽。”

“因此，依您看，安托耐特·布雷阿……”

“不是别人，就是那个金发女郎。”

“因此，是罗平制造了这两个事件。”

“我认为如此。”

有人笑了起来，是保安局局长在笑。

“罗平！又是罗平！罗平介入了所有的案件。罗平无所不在！”

“他在应该在的地方。”加尼马尔很不高兴地说道。

“那也要有个在的理由啊！”迪杜伊说道，“在这里，我觉得这个理由很不充分。这一次写字台并没有被撬开，皮夹子也没有被拿走，就连金币都还在桌子上。”

“不错，”加尼马尔大声说道，“可那颗有名的钻石呢？”

“什么钻石？”

“蓝钻石！那颗钻石曾是法兰西王国王冠的一个组成部分……公爵赠给莱奥妮德·伊……的钻石，莱奥妮德·伊……死后，多特莱克男爵把它买了下来，为了纪念这位他曾疯狂地热恋过的出色的女演员。这是像我这样的一个老巴黎人无法忘怀的记忆。”

“很明显！”预审法官说道，“如果那颗蓝钻石找不到，那么这一切就都顺理成章了……可是，到哪里去找呢？”

“到男爵先生的手指上去找，”夏尔回答道，“那枚钻戒总是戴在他的左手上。”

“我看见这只手了，”加尼马尔一边走近受害者，一边说道，“正如你们看到的那样，他手上只戴着一枚结婚戒指。”

“看看他的手心！”男仆又说道。

加尼马尔打开了那只攥紧的手。戒指的底盘朝着手心，在底盘的中间，闪烁着那颗蓝钻石。

“天哪，”加尼马尔喃喃地说道，完全不知所措了，“我一点儿都不明白了。”

“我希望您不再怀疑那个不幸的罗平了！”迪杜伊讥讽地说道。

加尼马尔停了一会儿，思索了一下，用一种教训人的语气说道：

“我越是迷惑不解，就越是怀疑亚森·罗平。”

以上就是这场蹊跷的谋杀案发生后的第二天，司法部门的初步调查结果。这个结果很模糊，很不连贯，接下去的调查也没有发现能使之变得更清晰、更肯定的线索。安托耐特·布雷阿那天在公馆里的出出进进也和金发女郎的失踪一样，让人无法理解，无法弄清这个杀死了多特莱克男爵，却没有从他手指上取下那颗曾经镶嵌在法兰西王冠上的珍贵钻石的金发女郎到底是何许人也。

尤其引人注目的是，她在公众心里引起的好奇给这桩罪行染上了江洋大盗的色彩，从而使舆论哗然。

多特莱克男爵的继承人则从这场喧嚣中获益，在亨利·马丁大街的这座公馆里搞了一个家具和其他物品展览，并将在德鲁奥大厅出售。都是些品位不高、没有什么艺术价值的现代家具……但是，在屋子中间，在一个用石榴红丝绒铺的垫子上——用玻璃罩子罩着，由两名警察守护着——摆放着那枚蓝色钻戒。

一颗硕大的、纯度无与伦比的——像清澈的水中映出的蓝天一样碧蓝，如同人们在雪白的被单中看到的那种淡淡的蓝色——奇美的钻石。人们欣赏着，赞叹着……又不无惶恐地看了看尸体躺过的地方、撤掉了浸满血污的地毯之后的地板，尤其是墙壁——本来无法穿越，而凶手却穿过它逃走了。人们确定，大理石壁炉不会摇晃，大衣柜玻璃镜子的底槽上也没有安装可以让它转动的弹簧。人们想象着哪里有地道口，与下水道或者地下墓穴相连的地道口。

蓝钻石的拍卖在德鲁奥公馆举行，人们都屏气凝神。拍卖简直到了疯狂的地步，整个巴黎拍卖界的人士都来了。所有想买的人——想让别人以为自己有钱买的人、在交易所做买卖的人、艺术家、各界的富婆——都来了，还有两位部长，以及一位意大利男高音歌唱家。一个流亡的国王为了抬高自己的声望，竟然用坚定的语气、洪亮的声音把价钱抬到了十万法郎！他宁愿拿出这笔钱而不让自己的名誉受到玷污。意大利男高音歌唱家冒险喊出了十五万法郎，一个法兰西剧院的演员喊出了十六万法郎。

不过，价钱抬到二十万法郎的时候，那些交易所的业余卖家就不敢喊了。到了二十五万法郎的时候，只剩下两个人了：著名金融家、金矿之王赫尔施曼和美国亿万富婆、以钻石和宝石收藏闻名遐迩的德克罗松伯爵夫人。“二十六万……二十七万……二十七万五……二十八万……”拍卖估价人喊道，用目光询问着那两个竞拍者，“二十八万卖给这位夫人……没有人加价了吗？……”

“三十万。”赫尔施曼轻轻地说道。

一阵寂静。大家关注着德克罗松伯爵夫人。她站在那里，面带微笑，但苍白的脸色暴露了她内心的慌乱，她无力地靠在了前面的椅子背上。实际上她早就知道，在场的人也都知道，这场决斗的结果毋庸置疑：无论从逻辑上说还是从必然性的角度说，这场决斗都会以金融家的胜利而告终，他的任性背后有五十多亿财富的支撑。然而，她还是喊道：

“三十万五千！”

又是一阵沉默。人们把期许的目光转向金矿之王，认为他肯定还要加价。价钱必然还要抬高，抬得非常高，抬到最后的价格。

这一声叫喊没有发出。赫尔施曼显得非常平静，注视着右手拿着的一张纸，另一只手里拿着撕开的信封。

“三十万五千！”报价员喊道，“一次……两次……还来得及……没有人再报价了吗？……我再重复一遍：一次……两次……”

赫尔施曼仍然没有反应。最后一阵寂静之后，锤子落下。

“四十万！”赫尔施曼喊道。他跳了起来，仿佛锤声把他从木然之中惊醒了似的。

太晚了——最后的标价是不可更改的。

人们围在他身边。到底发生了什么事？他为什么没有早一点儿喊呢？

他笑了起来。

“发生了什么事？天哪，我一点儿都不知道，有那么一会儿我走神了。”

“这怎么可能？”

“是的。有人递给我一封信。”

“这封信就让您……”

“就让我意乱心烦，对，顿时。”

加尼马尔就在现场，他目睹了钻戒的拍卖过程。他走到一个服务员身旁说道：

“一定是您把一封信递给赫尔施曼先生的吧？”

“是的。”

“是谁的信？”

“一位女士。”

“她在哪里？”

“她在那里……先生，那边……那个肥胖无比的女士。”

“就是正要走开的那个人？”

“对。”

加尼马尔朝门口冲过去，看到那个女士正在下楼梯。他跑了过去。大门口的人群挡住了他。等他到了外面，那个女人不见了。

他回到大厅，走到赫尔施曼身边，自我介绍了一下，然后询问关于那封信的事。赫尔施曼把信交给他，上面是用铅笔匆匆写出的几个字：

蓝钻石会带来灾难。想一想多特莱克男爵。

蓝钻石引起的轰动并没有平息，这颗钻石已经因为多特莱克男爵被谋杀和在德鲁奥公馆发生的事而引得妇孺皆知。半年之后，它还将更加引人注目。第二年夏天，有人偷走了德克罗松伯爵夫人花了那么高的价钱才得到的宝贵钻石。

让我们总结一下这个情节跌宕、让人心潮起伏的事件，总结一下这个终于能让我说几句话，使之变得清晰一点儿的事件吧！

八月十日晚上，德克罗松伯爵夫妇的客人们聚集在那座俯瞰索姆河湾的漂亮公馆的客厅里，伯爵夫人开始弹钢琴。她把首饰摘下来，放到钢琴旁边的一个小家具上，其中就有那枚多特莱克男爵的戒指。

一小时后，伯爵退了出去，一起离开的还有他的两个表兄弟——唐代尔兄弟以及德克罗松伯爵夫人的密友德雷阿尔夫人。伯爵夫人自己留下来，陪着奥地利领事布雷申先生及其夫人。

他们聊了一会儿。然后，伯爵夫人关掉了客厅桌子上的一盏大灯。与此同时，布雷申先生也关掉了钢琴上的两盏灯。房间里暗了下来，令人略感紧张。接着，领事点燃了一支蜡烛，三个人都回到了自己的房间。刚一回到卧室，伯爵夫人就想起了自己的首饰，于是让女仆去给她取回来。后者返回来，把首饰放到壁炉台上，女主人也没有察看。第二天，德克罗松夫人发现少了一枚戒指，就是那枚蓝钻石戒指。

她立刻告诉了丈夫。他们马上得出了结论：女仆绝对可靠，窃贼只能是布雷申先生。

伯爵报告了亚绵市警察总长，后者展开了调查，并秘密对奥地利领事进行严格监控，使之既不能将戒指卖掉，又不能将其转移。

警察日夜包围着城堡。

两个星期过去了，什么事情都没有发生。布雷申先生表示要走了。同一天，他受到了指控。警长正式介入，命令搜查行李。在一个小袋子里——这个袋子的钥匙领事总是带在身上——人们发现了一个装牙粉的小瓶子。在这个小瓶子里，发现了那枚戒指！

布雷申夫人晕了过去。她丈夫被捕了。

人们还记得被告为自己辩护的方式。他说，他只能用德克罗松先生的报复来解释钻戒为什么在他袋子里出现：“伯爵非常粗暴，这使得他的妻子非常不幸。我和他妻子有过一次深谈，极力鼓励她离婚。伯爵知道以后，就进行了这次报复。他拿走了戒指，并且在我要离开的时候，把它放到了我的洗漱用品中。”伯爵和伯爵夫人坚持他们的指控。他们的解释和领事的解释都很可信，公众只能从中选择。而且，没有任何新的情况出现。一个月的议论、猜测和调查都没能带来一点儿肯定的因素。

德克罗松夫妇被这一片嘈杂声弄烦了，又拿不出更有力的证据来支持他们的指控，于是就要求从巴黎派一个保安局的警探来解开这个谜团。上面派来了加尼马尔。

在四天的时间里，这位老警长四处打探，和人聊天，在公园里溜达，跟女仆、司机、园丁，以及附近邮局的职员进行了长谈，查看了布雷申夫妇、唐代尔兄弟和德雷阿尔夫人住过的房间。然后，在一天早上，他不辞而别。

一个星期之后，伯爵夫妇收到了下面这封电报：

请于明日（星期五）晚五时来布瓦西－当格拉街日本茶馆。

加尼马尔

星期五下午五点整，他们的汽车停在了布瓦西－当格拉街九号门前。在人行道上等他们的老警长一句话也没说就把他们带到了一个日本茶馆的二楼。

他们在大厅里看到了两个人。加尼马尔给他们介绍说：

“凡尔赛中学教师热尔布瓦先生。你们一定还记得，亚森·罗平从他手里偷走了五十万法郎。这位是雷昂斯先生，多特莱克男爵的侄子——他所有遗产的继承人。”

四个人都坐了下来。几分钟以后，来了第五个人——保安局局长。

迪杜伊先生心情很不好。他向大家致意，然后对加尼马尔说道：

“什么事啊，加尼马尔？他们在警察局给了我一份您的电话记录，很重要吗？”

“非常重要，局长。用不了一个小时，我所协助调查的案件就会有结果了。我觉得您的在场是很必要的。”

“迪约奇和弗朗方也要在场吗？我在楼下大门附近看见

他们俩了。”

“是的，局长。”

“关于什么？是要抓人吗？您这是演的哪一出啊？行了，加尼马尔，我洗耳恭听。”

加尼马尔犹豫了一下，然后用一种卖弄的语气说道：

“首先，我肯定地说，布雷申先生与钻石盗窃案毫无关系。”

“哦！哦！”迪杜伊先生说道，“这只是一种看法而已……而且是一种后果很严重的看法。”

伯爵问道：

“您的调查……只有这么一个结果吗？”

“不，先生。钻石被盗的第三天，您的三位客人出游，偶然来到了克雷西。其中两个客人去凭吊了那个著名的战场，第三个人急急忙忙地去了邮局，寄出了一个按照规定用绳子系好的盖了章的小盒子，保险金是一百法郎。”

德克罗松先生指出：

“这太正常了。”

“但这个人不是用自己的真名实姓寄出的，而是用了‘卢梭’这个名字。而收件人——住在巴黎的伯鲁先生——在收到小盒子以后，即收到钻石的当晚，就搬家了。您听了这个情况之后，大概就不觉得正常了吧。”

“也许是我的两个唐代尔表兄之一吧！”

“不是这两位先生。”

“莫非是德雷阿尔夫人？”

“对。”

伯爵夫人惊愕地喊道：

“您在指控我的朋友德雷阿尔夫人？”

“提一个简单的问题，夫人，”加尼马尔说道，“德雷阿尔夫人出席那次钻戒拍卖会了吗？”

“出席了，但她是自己去的，我们不在一起。”

“她怂恿您买那枚钻戒了吗？”

伯爵夫人竭力回忆着。

“是的……确实……我甚至觉得是她第一个对我谈起钻戒的事的……”

“我记下您的回答，夫人。确实是德雷阿尔夫人第一个和您谈起钻戒的事，并且鼓励您把它买下来。”

“可是……我的朋友不可能……”

“对不起，对不起。德雷阿尔夫人只是您偶然认识的朋友，并不是像报纸上说的那样，是您的亲密朋友，报上的说法排除了人们对她的怀疑。您只是在这个冬天才认识她的，可我有证据证明，她对您所说的一切，关于她的过去、她的各种关系等，全都是假的。布朗什·德雷阿尔夫人根本就不存在。”

“那又怎么样？”

“怎么样？”加尼马尔重复道。

“是啊，这个故事确实很奇怪，可它跟我们现在要解决的问题有什么关系呢？如果真的是德雷阿尔夫人偷了钻戒，而这一点并没有得到证实，那么她为什么要把钻戒藏到布雷申先生的牙粉里呢？真是见鬼了！一个人要是费尽周折偷了蓝钻石，一定会好好藏起来的。您怎么回答这个问题呢？”

“我没有什么可回答的，德雷阿尔夫人会回答的。”

“那就是说，她确实存在？”

“她存在……又不存在。用几句话说，事情就是这样。三天前，我在读我每天都读的那张报纸的时候，发现了出现在特鲁维尔的外埠人名单……波利瓦日旅馆……德雷阿尔夫人……您可以料到，我当天晚上就来到特鲁维尔，询问了波利瓦日的警察局局长。根据他给我描述的特征，以及我搜集的一些资料，这个德雷阿尔夫人就是我要找的那个人，但她离开了旅馆，留下她在巴黎的地址：克里塞街三号。前天，我去了这个地方，得知根本就没有什么德雷阿尔夫人，只有一个姓雷阿尔的女人。她住在三楼，是做钻石生意的掮客，经常外出。她是前一天刚回来的。昨天，我去按了她家的门铃。我向德雷阿尔夫人递上假名片，说我是为那些有意购买名贵宝石的人做中间人的。今天，我们就在这里约会，洽谈第一桩生意。”

“怎么，您在等她?”

“五点半见面。”

“您能肯定吗？……”

“能肯定她就是德克罗松城堡里的那位德雷阿尔夫人吗?我手里有确凿的证据。但是……听……是弗朗方发出的信号……”

哨声响了起来，加尼马尔立刻站了起来。

“没有时间可浪费了。请德克罗松先生和夫人到隔壁房间去。您也过去，多特莱克先生……还有您，热尔布瓦先生……门开着，一有信号就请诸位过来。请您留在这里，局长。”

“要是有其他人来呢?”迪杜伊先生说道。

“不会。这是一个新铺子，老板是我的朋友，不会让任何人上来的……除了那位金发女郎。”

“金发女郎？您在说什么呢？”

“正是金发女郎本人，局长，就是亚森·罗平的同伙与朋友，就是那个我掌握确凿证据的神秘的金发女郎。我想在您面前把那些被她劫掠的人的证词集中起来。”

他朝窗外俯下身去。

“她走过来了……她进来了……她无法逃脱了：弗朗方和迪约奇守着大门……金发女郎马上就在我们手里了，局长。”

几乎与此同时，一个女人在门口停了下来。她身材颀长，面色白皙，金黄色的头发亮晶晶的。

加尼马尔激动得说不出话来。她就在那里，面对着他，将任他摆布！这是对亚森·罗平的斗争的多么巨大的胜利啊！这是多么好的报仇雪恨的机会啊！与此同时，他又觉得，这么轻而易举地取得如此巨大的胜利……金发女郎会不会被善于创造奇迹的亚森·罗平……刹那间从他手里溜走呢？

然而，她却等在那里。她对这种寂静感到惊讶，朝四周看着，毫不掩饰自己的不安。

“她要走了！她要消失了！”加尼马尔惊恐地想。

他猛地站到了门口。她转过身，想出去。

“不，不，”他说道，“您为什么要走啊？”

“先生，我对这种方式很不理解。请让我……”

“您没有理由离开，夫人。相反，您有很多理由留下。”

“可是……”

“不必说了，您出不去了。”

她脸色苍白，瘫倒在椅子上，喃喃地说道：

“您想干什么?”

加尼马尔胜利了，他抓到金发女郎了。他非常自信地说道：

“我来给您介绍一下这位我跟您提到过的想买首饰的朋友……他尤其想买钻石。您拿到您跟我说过的那颗钻石了吗?”

“不……不……我不知道……我不记得……”

“不，您记得……好好想一想……一个您认识的人给了您一颗有颜色的钻石……一颗和蓝钻石很像的钻石……我笑着对您说，而您就回答我说：‘正是那颗钻石！我手里可能就有您要的这颗钻石。’您还记得吗?”

她沉默着，一个坤包从她手里掉了下来。她连忙把它捡起来，紧紧地按在身上。她的手有点儿颤抖。

“好了，”加尼马尔说道，“我看得出来，您不信任我们，德雷阿尔夫人。我来给您做个示范，先给您看看我手里的东西。”

他从皮夹子里拿出一张纸，把它展开，拿起一绺头发递给她。

“献给您，让您看看安托耐特·布雷阿的一绺头发，是男爵从她头上揪下来的，是我们从死者手里拿来的。我去见过热尔布瓦小姐。她能肯定，这就是金发女郎头发的颜色……而且跟您的头发颜色相同……简直完全一样。”

雷阿尔女士目光呆滞地看着他，仿佛真的听不懂他这番话的意思。他接着说道：

“现在，我再给您看两个小香水瓶。虽然没有商标，而且是空的，但仍然保留着香水的气味。因此，就在今天早晨，热尔布瓦小姐立刻就辨别出，这就是那位曾与她相伴旅行了两个礼拜的金发女郎用的香水的味道。这两个香水瓶，一个是在德雷阿尔夫人在德克雷松城堡住过的房间里发现的，另外一个是在波利瓦日旅馆您所住的房间里找到的。”

“您在说什么啊……什么金发女郎……什么德克罗松城堡……”

警长没有回答她的问题，而是把四张纸排列在桌子上。

“这四张纸中，一张是安托耐特·布雷阿所写，一张是拍卖蓝钻石时一位女士写给赫尔舒曼男爵的纸条，还有一张是德雷阿尔夫人住在克雷松时写的，这第四张……是您本人写的，写着您的姓名、地址，由您本人交给特鲁维尔的波利瓦日旅馆门房的。四张纸上的笔迹完全一致。”

“您疯了，先生！您是疯了！您想说明什么啊？”

“这一切都说明，夫人，”加尼马尔用力大声喊道，“那个金发女郎，那个亚森·罗平的朋友与同谋不是别人，就是您！”

他推开隔壁客厅的门，冲到热尔布瓦先生面前，抓住他的肩膀，把他拉到了雷阿尔女士面前。

“热尔布瓦先生，您认识这个在德迪南律师家里发现的绑架您女儿的人吗？”

“不认识。”

就像发生了电击一样，每个人都感到了这种打击。加尼马尔身体摇晃了一下。

“不认识？……这怎么可能？……您再想一想……”

“我想过了……这位女士也和金发女郎一样，满头金发……肤色同样白皙……但她长得跟那个人一点儿都不一样。”

“难以置信……这样的错误是不能接受的……多特莱克先生，这就是安托耐特·布雷阿吧，您认出来了吗？”

“我在我叔叔府上见过安托耐特·布雷阿……不是她。这个人不是她。”

“这位女士也不是德雷阿尔夫人。”德克罗松伯爵肯定地说道。

这是致命的一击，这一击把加尼马尔击晕了。他低着头，神情恍惚，一动不动。他所编织的这一切全都破碎了，“房子”倒塌了。

迪杜伊先生站了起来。

“请您原谅，夫人，是我们弄错了，请您忘掉吧。不过，我不明白，您的慌乱……从您来到这里以后，您的态度就非常奇怪……”

“天哪，先生，我害怕……我的手包里有一万多法郎呢，而您朋友的态度让我不放心。”

“可您为什么总是到处跑呢？”

“这不就是我的职业吗？”

迪杜伊先生无话可说，朝下属转过身来。

“您用一种可悲的轻率态度做了您的调查，加尼马尔，刚才又用一种非常愚蠢的方式对待这位女士。请您到我办公室来解释一下。”

见面结束了，保安局局长准备走了。就在这时，发生了一件非常令人困惑的事。那位雷阿尔女士走到警长身边，对他说道：

“我听见他们叫您加尼马尔先生……我没听错吧？”

“没有。”

“既然如此，那这封信就是给您的了。这是我今天早晨收到的，您可以看到上面写的是：‘烦请雷阿尔女士转交加斯坦·加尼马尔先生。’我还以为这是在开玩笑呢，因为我不知道您叫这个名字。不过，这个寄信的陌生人肯定知道我们的约会。”

出于一种奇怪的预感，加尼马尔很想抓起那封信，把它销毁。但他不敢当着上司的面这么做，只好撕开信封，用一种几乎听不清的声音读出了下面的内容：

从前啊，有一个金发女郎、一个罗平和一个加尼马尔。那个坏蛋加尼马尔想要伤害美丽的金发女郎，好人罗平不想让他这么做。因此，好人罗平就想让金发女郎成为德克罗松伯爵夫人的密友，并让她用了德雷阿尔的名字，其实这是——或者说差不多是一个正直的女商人的姓。她的头发是金色的，肤色白皙。好人罗平心里想：‘如果那个坏蛋加尼马尔发现金发女郎的线索，那我就把他引到正直的女商人身上，这对我来说该多么有用啊！’这个防范措施太明智了，而且硕果累累。在坏蛋加尼马尔的报纸上登个小告示，真正的金发女郎故意把一个香水瓶落在波利瓦日旅馆里，而旅馆的登记册上也是由真正的金发女郎写的雷阿尔女士的姓名和地址，于是这一招就灵了。您怎么想，加尼马尔？我本来想用菜单的形式来讲这个故事，知道您那么高的智商，肯定第一个开怀大笑。的确，这个故事很刺激，我承认，我是笑破肚皮了！

谢谢您，亲爱的朋友！请转达我对那位卓越的迪杜伊先生的问候。

亚森·罗平

“他什么都知道！”加尼马尔嘟囔着，他可一点儿都不想笑，“他知道我的秘密！他怎么能知道我会请您来呢，局长？他怎么能知道我找到了第一个香水瓶……他怎么能知道呢？……”

他气得捶胸顿足，直抓自己的头发，简直绝望透顶。

就连迪杜伊先生都对他起了怜悯之心。

“好了，加尼马尔，别难过了，下一次咱们好好干。”

说完，保安局局长就在雷阿尔女士的陪同下走了。

十分钟过去了，加尼马尔把罗平的信看了一遍又一遍。德克罗松夫妇、多特莱克先生和热尔布瓦先生在一个角落里热烈地讨论着。最后，伯爵朝警长走过去，对他说道：

“这一切都说明，亲爱的先生，我们仍然是裹足不前。”

“对不起，我的调查证明，金发女郎无疑是这些事件的主角，罗平则是幕后的指挥者。我们还是向前迈进了一大步。”

“可这一步毫无意义，事情甚至变得更加令人费解了。金发女郎为了偷钻石而杀人，可她并没有把钻石拿走。难道她偷这颗钻石，是为了把它丢掉，以便进行另外一次盗窃？”

“我对此无能为力。”

“那当然，不过，有一个人或许能够破解这个谜……”

“您这话是什么意思?”

伯爵迟疑了一下。但是，伯爵夫人接着说下去了，而且说得非常明确!

“有一个人——在我看来，是除了您以外的唯一一个人——可以战胜罗平，并且让他跪地求饶。加尼马尔先生，如果我们请夏洛克·福尔摩斯来帮忙，您不会不高兴吧?”

他显得不知所措。

“当然不会……只不过……我不太明白……”

“是这样的。这一系列的神秘事件让我非常恼火。我想把事情弄清楚。热尔布瓦先生和多特莱克先生也希望如此，所以，我们一致决定，请这位大名鼎鼎的英国侦探来帮忙。”

“您是对的，夫人，”警长用一种不能不唤起某种敬意的诚恳语气说道，“您是对的，老加尼马尔不是亚森·罗平的对手。夏洛克·福尔摩斯能战胜他吗?我希望如此，因为我对他非常景仰……不过……他不太可能……”

“他不太可能成功?”

“这是我的看法。我认为夏洛克·福尔摩斯与亚森·罗平之间的这场决斗预先就有结果了：英国人必败。”

“不管怎么说，我们可以期待您的帮助吗?”

“我将全力以赴，夫人。我将毫无保留地协助他。”

“您知道他的地址吗?”

“知道——帕克街二一九号。”

德克罗松夫妇当晚就撤销了对布雷申领事的起诉，把一封集体邀请信寄给了夏洛克·福尔摩斯。

三、　夏洛克·福尔摩斯参战

“两位想吃点儿什么?”

“什么都行。”亚森·罗平回答道，“对一个吃什么都没胃口的人来说，您想上什么就上什么吧，但是不要肉，也不要酒。”

服务员满脸藐视地走开了。

我喊道：

“怎么，您还在吃素?”

“越来越厉害了。”罗平肯定地回答。

“是因为口味、信仰，还是习惯?”

“因为卫生。”

“从来不破例吗?”

“哦，也不是……当我和上流社会的人打交道的时候……为了不显得怪诞。”

我们两个在北站附近的一个小餐馆里一起吃饭，坐在尽里边，是亚森·罗平叫我来的。他会时不时地这么说点儿什么，早晨给我打个电话约我在巴黎的某个角落见面，每一次他都显得春风满面、兴致勃勃。他活得很自在，总是给我讲出人意料的奇闻逸事，或者我不知道的冒险经历。

那天晚上，他显得比平时还要兴高采烈。他笑着，带着一种特殊的激情，用他那特有的微妙的嘲讽语气聊着，没有苦涩，很轻松、憨直。看着他那快乐的样子，我忍不住向他表达了我的愉悦心情。

“哦，不错，”他大声说道，“我有时候会觉得一切都非常美好，生活对我来说就像取之不尽的宝藏。可上帝知道，我这个人花钱从不算计！”

“甚至过于大手大脚了。”

“财富是取之不尽的，我告诉您！我可以消耗自己，浪费自己，还可以到处抛洒我的力量和青春，这是为了给我那更强大的力量和更蓬勃的朝气让出地方……我的生活着实是太美好了……只要我愿意，随时都可以成为……演说家、工厂老板、政治家……可我向您发誓，我从来都没有这样想过！我现在是亚森·罗平，我将永远是亚森·罗平。我确实寻找过，想看看什么人的命运可以和我媲美，比我更充实、更丰满……拿破仑？对，也许吧……但是，拿破仑，在他皇帝生涯的最后阶段，在法兰西战争中，当整个欧洲都要摧毁他的时候，每次战役中他都要问自己，这会不会是最后时刻……”

他是不是很认真呢？他是不是在开玩笑？他说话时很激动：

“一切都摆在那里，您看到了——危险！没完没了的危险的感觉！您就像呼吸空气那样无时无刻不在感受着它，您会感觉它随时随地都在您身边。它在吼叫，它在窥视，它在向您走近，它在喘息……在风暴当中，您要沉着……不能气馁……否则，您就完了……只有一种感觉是可贵的，那就是赛车运动员的感觉！不过，赛车时间最长不过一个上午，而我的竞赛时长是整个一生！”

“多么抒情的表达啊！”我大声说道，“您想让我觉得，您毫无原因地就激动了吧！”

他微微一笑。

“好了，”他说道，“您是个精明的心理学家——确实有点儿特别的原因。”

他给自己倒了一杯凉水，一口气喝下去，然后对我说道：

“您看今天的《时报》了吗？”

“我还真没看。”

“夏洛克·福尔摩斯今天下午可能渡过了英吉利海峡，六点钟左右就到了。”

“天哪！为什么？”

“德克罗松夫妇、多特莱克的侄子和热尔布瓦请他来旅游。他们在北站见面，然后一起从那里去见加尼马尔。此刻，他们六个人正在一起商量呢。”

虽然亚森·罗平总是激起我的强烈好奇心，但是在他主动告诉我之前，我从来不会去问他的隐私。对我来说，这是一个不容妥协的原则。而且，迄今为止，在蓝钻石事件中，他的名字还没有被人公开提起过，因此我必须再耐心一些。他接着说道：

“《时报》还刊登了对那位卓越的加尼马尔的采访。根据这篇采访，他认为，一位金发女郎可能是我的朋友，可能是她谋杀了多特莱克男爵，并且试图从德克罗松夫人那里偷走那颗有名的钻石。当然了，他指控我是这些罪行的策划者。”

我微微颤抖了一下。这可能是真的吗？我是否应当相信，他赖以生存的盗窃习惯，还有这一系列的事件本身，都使这个人走上了犯罪的道路呢？我观察着他。他显得那么淡定，那么坦然！

我注视着他的手。那双手就像打磨出来的一样光滑、纤细，真的是不会伤害人的手。那是一双艺术家的手……

“加尼马尔是个粗心大意的人。”我轻轻地说道。

他反驳我说：

“不，不，加尼马尔心很细，有时候甚至很精明。”

“精明？”

“对，对。比如这次采访，简直就是大师之作。首先，他宣布他的英国伙伴的到来，为的是让我提高警惕，让我给他的伙伴制造点儿麻烦；其次，他具体谈到自己的调查到了什么地步，从而给福尔摩斯的调查奠定了基础。这是一场好戏。”

“不管怎么说，在您面前有两个对手——两个多么厉害的对手啊！”

“哦，其中一个根本不足挂齿。”

“另外一个呢？”

“福尔摩斯？哦！我承认，这是一个很厉害的对手。但正是这一点使我激情满怀、心花怒放。首先，有一个自尊心的问题：人们会认为这个闻名遐迩的英国人打败我应当不费吹灰之力。其次，请想象一下，一个像我这样的斗士要跟夏洛克·福尔摩斯斗法，将会多么开心啊！最后，我必须全力以赴，因为我了解他这个家伙，他绝对是寸步不让的。”

“他很厉害？”

“非常厉害。作为警察，我认为他是前无古人、后无来者的。我只有一个优势……他在进攻，我在自卫，我的角色更容易扮演。此外……”

他脸上露出难以察觉的微笑。他接着把话说完：

“此外，我了解他，而他却不了解我。我给他留了几招，让他好好尝尝……”

他用手指轻轻地敲着桌子，充满欢愉地断断续续地说道：

“亚森·罗平智斗夏洛克·福尔摩斯……法兰西大战英格兰……特拉法尔加战役①终于到了报仇雪恨的时候……啊！可怜的家伙……他不会料到我已经做好准备了……一个有备而来的罗平……”

他被一阵咳嗽声打断了。他用餐巾遮住脸，就像吃东西呛着了似的。

“吃口面包好吗？”我问道，“……喝口水吧。”

“不，不是这个原因。”他用令人窒息的声音说道。

“那是……为什么？”

“需要空气。”

“要不要开窗户？”

“不用，我出去……快，把我的大衣和帽子给我，我走了……”

“啊？这是什么意思？……”

“刚刚进来的那两位先生……您看见那个高个子了吗？出去的时候，您在我左边走，不要让他看见我。”

“坐在您后面的那个人……”

“就是他……出于个人原因，我希望……到外面我再给您解释……”

“他到底是谁呀？”

“夏洛克·福尔摩斯。”

他努力克制着自己的情绪，就像是为自己的激动感到羞耻似的。他把餐巾放到桌子上，一口气喝了一杯水。完全恢

---

① 拿破仑时代的一次海战，在加的斯和直布罗陀海峡之间的特拉法尔加角进行。——译者注

复了常态之后，他对我说道：

“这很怪，对吧？我本来很少激动，可这意想不到的见面……”

“您怕什么呀！您化装成这样，谁还能认得出您啊！就连我每次见到您，都觉得自己面对的是一个陌生人。”

“他会认出我的。”亚森·罗平说道，“他只见过我一次，但我感觉他好像看透了我的一生。他看重的不是我变化多端的外表，而是我这个人本身……而且……我没有想到……多么奇怪的相遇啊！……在这么一个小餐馆……”

我说道：“那咱们走吧！”

“不……不……”

“那您要干什么？”

“最明智的做法就是直截了当地面对他……”

“您不是真的这么想吧……”

“不，我正是这么想的……我不仅可以问他……可以知道他所知道的东西……啊！您瞧，我感到他的眼睛在盯着我的脖子、我的肩膀……他在想……他在回忆……”

他在考虑。我看到他嘴角上露出了一丝诡异的微笑。然后，我觉得他是受到了自己那心血来潮、不假思索的天性的支配，而不是形势使然——他猛地站起身来，转过身，欢快地弯腰说道：

“太意外了！我实在太有幸了……请允许我给您介绍一下我的一位朋友……”

有那么一两秒钟，英国人显得有些不知所措。接着，他本能地想要扑向亚森·罗平。后者摇了摇头说：

“您错了……且不说这个动作不太好看……而且根本无

济于事……”

英国人左顾右盼，仿佛在寻求援助。

“那也无济于事……”罗平说道，“再说，您能肯定自己有权抓捕我吗？得了，还是做个输赢坦然的玩家吧！”

做个输赢坦然的玩家，此时此刻并不容易。不过，对这个英国人来说，这很可能是一个最明智的选择，因为他微微站起身，冷冷地介绍道：

“华生先生——我的朋友和合作者！这位是亚森·罗平先生。”

华生惊讶的表情让人觉得可笑。他那瞪大的眼睛和那张开的大嘴，就像是在他那张油光发亮的圆滚滚的脸上画了两道横杠。他那苹果般的脸上，野草丛生般地长满了像刷子一样的头发，下巴上还有一撮短胡子。

“华生，您怎么也不掩饰一下啊！掩饰一下您面对这个最正常的情况所感到的惊讶！”夏洛克·福尔摩斯略带讥讽地说道。

华生喃喃地说道：

“您为什么不逮捕他呢？”

“您没有注意到吗，华生？这位绅士就站在我和门之间，离门两步远。不等我动一下小手指头，他就会跑出去的。”

“这没关系。”罗平说道。

他绕过桌子，坐了下来，让英国人站在门口——这就意味着听凭英国人的摆布。

华生看着福尔摩斯，想知道自己是否应该对这种无畏之举表示钦佩。英国人脸上没有任何表情，但过了一会儿，他喊道：

“伙计!”

伙计急忙跑了过来，福尔摩斯开始点餐：

“要苏打水、啤酒和威士忌……”

这就意味着“和平条约”已经签订……直到有新情况为止。他们四个人很快就都围坐在餐桌旁边，心平气和地聊了起来。

夏洛克·福尔摩斯是一个……我们每天都能碰到的普通人。他五十岁左右，像个一辈子坐在桌子前面看着账本算账的中产阶级。他和伦敦的那些普通公民没有任何区别，无论是发红的美髯，还是剃光的下巴，以及有点儿发福的身体……没有任何区别，除了他那异常敏锐、犀利、深邃的目光。

要知道，他是夏洛克·福尔摩斯——既有谋略，又善于观察；既有远见，又非常机敏。他让人觉得，大自然玩儿了一个把戏，把文学作品中创造的两个最不寻常的警察形象——埃德加·爱伦·坡笔下的杜邦和加博里奥笔下的勒高克——融为一体，创造出一个更加神奇、更加不可思议的大侦探。人们不禁要想，这个享誉天下的夏洛克·福尔摩斯会不会也是某个小说家——比如说柯南·道尔——创造出来的一个活生生的传奇人物呢?

亚森·罗平问他准备在巴黎停留多久，他立刻把谈话引入了正题。

“我停留的时间取决于您，罗平先生。”

“啊!”罗平笑着大声说道，“如果取决于我，那我请您今天晚上就赶快坐船回去吧!”

“今晚就走，有点儿早吧！不过，我希望一周或十天以后……”

“您怎么这么急啊?”

“我手里的事儿太多了！银行盗窃案、埃克莱斯顿夫人绑架案……您看，罗平先生，您觉得一周时间够不够呢?”

“绰绰有余，如果您只想处理这件蓝钻石案的话。而且，对我来说，如果您想通过这个案件的侦破对我造成某种威胁的话，那么这点儿时间足够让我采取防范措施了。”

“不过，”英国人说，“我可是准备用一周到十天的时间来解决问题的。”

“准备在第十一天让人逮捕我吗?”

“第十天——那是最后期限。”

罗平思索了一下，然后摇了摇头：

“很难……很难……”

“很难，不错，但是可行的，因此可以肯定——”

“绝对肯定。”华生说道，仿佛已经明确地判断出，他的合作者肯定会达到预期的目的。

福尔摩斯微微一笑：

“华生知道怎么做，他到时候会向您证实这一点的。当然，我手里并没有掌握所有王牌，因为这个案子已经发生好几个月了。我缺少那些支撑我的调查的因素和迹象。”

“诸如污迹和烟灰，等等。”华生强调说。

“不过，除了加尼马尔先生做出的那些出色的结论以外，我手里还有关于这个问题的文章，里面有我们搜集到的对这个问题的看法或者观点，当然，还有我们自己对事件的一些想法。”

“通过对事件进行分析或假设而产生的想法。”华生用教训人的语气说道。

“是否可以冒昧地问一下，”亚森·罗平用他与福尔摩斯说话时惯用的恭敬语气说道，“您对这件事是怎么看的?”

这两个人面对面地谈话，各自把胳膊放在桌子上。他们的表情严肃而庄重，仿佛需要共同解决一个难题，或者是激烈地争论一个问题并达成一致——这真是世界上最令人着迷的画面！他们像两个文学爱好者或者艺术家那样，用非常擅长的毕恭毕敬、彬彬有礼的讥讽语气讨论着。华生在一边听得抓耳挠腮、欣喜若狂。

福尔摩斯慢慢地把烟斗装满、点着，然后说道：

“我认为这件事情绝不像表面上看到的那么简单。”

“确实，绝不那么简单。”华生随声附和着。

“我说这件事，是因为在我看来这仅仅是一件事。多特莱克男爵的死、钻石，以及——请不要忘记——第二十三套第五一四号彩票，都只不过是金发女郎之谜的不同层面而已。在我看来，问题的关键在于发现这一个事件的三个层次之间的内在联系，找到能够证明这三种方法的一致性的事实依据。加尼马尔的判断显然有些肤浅，他认为这三件事的共同特点就是作案人行踪诡秘，作案后总能神秘地消失。我对这种离奇的说法并不满意。”

“那么……”

“那么，在我看来，”福尔摩斯明确地说道，“这三件事的特点就是，您有非常明显的目的。虽然迄今为止这个目的依然让人难以察觉，但是您肯定是要让事情往您预先设计好的方向发展。在这个问题上，您有不止一个计划和一个必胜的条件。”

“您能不能说得具体一点儿?”

“这太容易了。从您与热尔布瓦先生之间刚一发生矛盾，您就选择德迪南律师的住所作为有关人等见面的地方了。在您看来，没有比那里更合适的所在了，没有比那里更适合让人与金发女郎和热尔布瓦小姐公开见面了。”

“就是数学教师的女儿。”华生补充道。

“现在，我们来谈谈蓝钻石的事。您是从多特莱克男爵刚一拥有这颗钻石起就有了要占有它的欲望吗?不是。可是，男爵住进了他哥哥留给他的公馆。半年以后，安托耐特·布雷阿就出现了，还实施了第一次行动。您没能得手，钻石拍卖会在德鲁奥公馆热热闹闹地举行了。这次拍卖真的是自由竞争吗?最富有的收藏家就一定能得到这件首饰吗?根本不是。正当银行家赫尔施曼就要获得它的时候，一位女士递给了他一个充满威胁的纸条。最后是德克罗松伯爵夫人买到了钻石，而她也是在同一位女士的怂恿下才这么做的。那么，钻石是不是会立刻消失呢?不，您还没有办法拿到它。因此，就上演了幕间插曲：伯爵夫人住进了她的别墅。这正是您所期望的。于是，钻戒就消失了。”

“然后，它又出现在布雷申领事的牙粉瓶里，实在是反常。”罗平指出。

“够了!”福尔摩斯用拳头敲着桌子，大声说道，“这种无聊的故事不应当由我来讲。让那些傻瓜去上当吧，我这个老狐狸是不会上当的。”

“这是什么意思?”

“这就是说……”

福尔摩斯停顿了一下，似乎要加强语气。最后，他说道：

“人们在牙粉瓶里发现的钻石是一颗假钻石，真钻石您留在自己手里了。”

亚森·罗平沉默了一会儿，然后注视着这位英国人，只说了这么一句：

“您着实很厉害，先生。”

“着实厉害，是吧?”华生的脸上显现出既钦佩又有点儿怡然自得的神情。

“是的，”罗平肯定地说道，“一切都清楚了，一切都恢复了本来面貌。没有一个预审法官，也没有一个报道这个问题的专业记者能把事情的真相看得如此清楚。您的直觉和逻辑思维真的很神奇。”

“哦，”英国人听到行家的称赞，颇为得意，“只要动动脑子就够了。”

“可是会动脑子的人太少了。不过，既然现在需要假设的东西已经很少了，战场已经打扫干净……”

“那么，现在，我只要弄清楚为什么这三个事件会在克拉佩隆街二十五号、亨利·马丁大街一三四号和德克罗松城堡里发生就可以了。整个事件的关键就在于此，其余的全都无足轻重，都是小把戏。这也是您的观点吧?”

“是我的观点。”

“既然如此，罗平先生，我再说一遍，我将在十天以后结束我的任务，这话有错吗?”

“十天以后，对，真相将公布于众。”

“而您将被捕。”

“不会。”

“不会?”

“要想逮捕我，必须有不可思议的事情发生，必须发生一系列不祥的、惊人的意外，而我是不允许这种情况发生的。”

“客观情况和不祥的偶然不能左右的事，一个人凭着意志和执着可以做到，罗平先生。”

“如果另外一个人的意志和执着使得这个人无法逾越呢，福尔摩斯先生？”

“没有不可逾越的障碍，罗平先生。”

他们彼此对视的目光是那么深邃，没有挑衅，只有平静与果断，仿佛两把针锋相对的匕首在颤动。

“好啊！”罗平大声说道，“这才是个人物！一个对手，一个非常难得的对手——夏洛克·福尔摩斯！咱们会玩儿得很开心的。”

“您不怕吗？”华生问道。

“是有点儿怕了，华生先生。”罗平说着，站了起来，“我得赶紧撤退了……否则，我就可能被人在窝里逮着了。咱们说好是十天，对吧，福尔摩斯先生？”

“十天。今天是星期天，从星期三起再过一个星期，就结束了。”

“我会被关进牢里？”

“毫无疑问。”

“真是的！我还没享受够我的平静生活呢！平平淡淡、无忧无虑，做点儿日常琐事，让警察见鬼去吧，我感受到的只有对我的同情与好感……必须改变这种状况！我现在要走背运了……阳光灿烂之后，开始阴雨连绵……现在可不能再开玩笑了。再见吧！”

“赶紧吧!”华生说道，语气中充满了对他无比敬爱的福尔摩斯的关切，“一分钟也不要耽误。”

“一分钟也不能耽误，华生先生!在下只用几秒钟的时间来表达对这次会面的渴望心情和对先生有您这么一个可贵的合作者的羡慕之情。”

就像决斗场上的两个彼此没有丝毫的仇恨，但必须进行无情的决斗的人那样，他们彬彬有礼地互相告了别。罗平抓住我的胳膊，把我拉到了外面。

“您怎么看，亲爱的?这是很不寻常的一顿饭，席间发生的事对您将来给我写回忆录大有益处。”

他关上餐馆的门，走了几步，又停了下来，问道：

“您吸烟吗?”

“不吸。”

“我也不吸。”

他用一根点蜡烛的火柴点燃一支烟，摇了好几次才把火柴熄灭，但他很快又把纸烟扔掉，跑着穿过马路，和两个突然从黑暗中闪现出来的人会合。他们在对面的人行道上说了几分钟话以后，回到了我身边。

“请原谅，这个该死的福尔摩斯会给我带来很多麻烦。我向您发誓，他跟罗平之间的事没完。啊!这个家伙，他会看到我身手不凡……再见……那个与您形影不离的华生说得对，我一分钟也不能耽误。”

他很快就走远了。

这个奇怪的夜晚就这么结束了，至少我和他在一起的这段时间结束了。在接下去的时间里，又发生了很多别的事，晚餐席上的另外两个人说的话让我知道了后来发生的事的详细情况。

就在罗平离开我的时候，福尔摩斯掏出怀表，站起身来。

“八点四十了！九点钟我要到火车站与伯爵夫妇见面。”

“那就赶紧走吧！”接连喝完两杯威士忌之后，华生说道。

他们出了门。

“华生，别回头……我们可能被跟踪了。如果这样，我们就装作无所谓的样子……华生，说说您的看法！罗平为什么会来这个餐馆？”

华生毫不犹豫地说：

“来吃饭啊？”

“华生，我们一起工作的时间越长，就越能发现您的进步。我敢说，您的进步是惊人的！”

昏暗中，华生高兴得涨红了脸。福尔摩斯接着说道：

“来吃饭，不错！还有呢，很可能要确定一下我是否会像加尼马尔在接受采访时宣布的那样，去克罗松。因此，为了不冒犯加尼马尔，我应该去那里。不过，我更需要赢得对付罗平的时间，所以我就不去了。”

“啊？”华生不解地说。

“您，我的朋友，赶快顺着这条路去雇一辆车……不，两辆……不，三辆车，然后回来取我们留在寄存处的箱子……飞速赶往爱丽舍大酒店。”

“到了爱丽舍大酒店呢？”

“您要一个房间，在里面，美美地睡上一觉，等我的指示。”

华生由于福尔摩斯交给他任务而感到非常自豪，得意地走了。夏洛克·福尔摩斯买了票，朝开往亚绵方向的快车走去。德克罗松伯爵夫妇已经在车里坐着了。

他只朝他们点了点头，点燃了第一支烟，站在走廊里安静地吸着。

火车启动了。十分钟以后，他走过来坐在伯爵夫人身边，对她说道：

“您戴着戒指吗，夫人?”

“戴着呢。”

“请借给我一下。”

他拿起戒指，仔细地看着。

“正如我估计的那样，这是颗人造钻石。”

“人造钻石?”

“这是一种新的方法，把钻石粉置于高温下熔化……然后把它们合成一块就行了。”

“可我的钻石是真的啊!”

“您的钻石，不错，可这不是您的那颗。”

“那我的呢?”

“在亚森·罗平手里。”

“那这一颗呢?”

“这枚钻戒是被调了包的，放进布雷申先生的牙粉瓶里，你们在那里面找到了它。”

“这么说，它是假的?”

“绝对是假的。”

伯爵夫人心慌意乱、目瞪口呆，一句话也说不出来；而她丈夫则半信半疑，把钻戒拿在手里转来转去地仔细察看。最后，她喃喃地说道：

“这怎么可能呢？为什么不直接把它偷走呢？再说，他们是怎么把它拿到手的呢？”

“这正是我想要弄明白的。”

“是在克罗松城堡吗？”

“不是。我要在克莱伊下车，然后回巴黎。我跟亚森·罗平之间的博弈要在那里进行。本来在哪里都一样，不过，最好让罗平以为我在旅行。”

“可是……”

“这对您有什么影响呢，夫人？重要的是您的钻石，不是吗？”

“是的。”

“那么，您就放心吧。刚才我做了一个难以兑现的承诺，我以夏洛克·福尔摩斯的信誉发誓，我一定会把真正的钻戒还给您。”

火车减速了。他把假钻戒放进口袋，打开了车门。伯爵夫人喊道：

“您怎么不从对着站台的车门下车啊？”

“如果罗平让人跟踪我，我就会甩掉他们。再见！”

一个铁路工人向他表示抗议，英国人没有理睬，朝站长办公室走去。五十分钟以后，他跳上一列火车，回到了巴黎。

他跑着穿过车站——从小卖部进去再从另外一道门出去——匆匆地跳上了一辆出租马车。

“车夫，去克拉佩隆街！”

他先确定自己没有被跟踪，然后让车夫把车停在路口。

他仔细察看了德迪南律师的房子和两边的房子，用差不多均等的步子丈量了几个距离，在他的小本子上记下了几个数字。

“车夫，去亨利·马丁大街!”

他在亨利·马丁大街与拉蓬普街交界处付了车钱，顺着人行道一直走到一三四号，然后在多特莱克男爵的公馆和相邻的两座楼房前丈量起来，计算了几座房子大门的宽度，估计了房子前面花园的长度。

大街上空无一人，在四排大树的遮掩下显得暗淡无光。一排排的树之间，每隔一段便有一盏煤气灯，仿佛在徒劳地想驱散黑暗。其中一盏灯的灯光照亮了公馆的一部分，于是福尔摩斯看到了挂在栅栏上写着“出售”字样的牌子，还有两条围绕着一片小草坪的杂草丛生的小径，以及那座无人居住的公馆那高大的空洞洞的窗户。

“确实,”他心想，“自从男爵死后，这座房子就没人住了……啊！要是我能进去做个初步调查，那该多好啊!”

只要这个想法掠过他的脑海，他就一定会把它变为现实。可是，怎么进去呢？栅栏的高度使他无法攀越。他从口袋里掏出了手电和从不离身的万能钥匙。让他深感意外的是，他发现有一扇门半掩着。于是，他走进花园，留心不把门关上。但是，他还没走出三步远就停了下来——三楼的一扇窗前闪过一点儿亮光。

接着，那亮光又从第二扇、第三扇窗前闪过，但他除了一个映在房间墙上的身影之外，什么也没看到。那亮光从三楼来到二楼，从一个房间移动到另外一个房间。

“谁能在凌晨一点跑到多特莱克男爵被谋杀的凶宅里来呢?”福尔摩斯感到非常好奇。

只有一个办法能让他弄个明白，那就是亲自进去。他没有迟疑。可是，正当他穿过那道煤气灯射出的光线，准备走到草坪上的时候，里面的人大概发现了他——灯光突然熄灭了。

他轻轻地靠在台阶前的门上。这扇门也开着。他听不到一点儿动静，就冒险在黑暗中朝前走，碰到楼梯扶手，就上了一层。依然是一片寂静，一片昏暗。

走到楼梯口，他走进一个房间，走到被月光照得蒙蒙亮的窗前。于是，他看到了那个大概是从另一个楼梯下去的人。那个人从另一个门出去，沿着隔开两座花园的灌木丛走了。

“该死！”福尔摩斯喊道，“他要从我手里逃走了！”

他冲下楼梯，跳下台阶，以便堵住那个人的退路，但他一个人也没看见。过了几秒钟以后，他才在树丛里看到一个更黑的、似乎在慢慢移动的人影。

英国人想了想。那个人本来可以轻而易举地逃走，可他为什么没跑呢？他留在那儿，是不是也想弄清楚……弄清楚这个不速之客——这个在他正忙活自己的神秘活计的时候来打扰他的不速之客？这究竟是个什么人呢？

“不管怎么说，这个人都不是罗平——罗平比他灵活。不过，肯定是他的同伙。”

几分钟时间过去了，福尔摩斯一动不动，眼睛盯着对手，对手也在窥视着他。可是，英国人不是那种可以一动不动地苦苦等待的人。他看了看自己手枪的鼓轮是不是灵，又把匕首拔出来，然后带着他那令人胆战的冷峻、果敢和对危险的蔑视朝对手走去。

传来清脆的咔嚓声——那个人的子弹也上了膛。福尔摩斯猛地向树丛扑过去。对手还没来得及转身，英国人已经扑到了他身上。接下来是一场激烈的、绝望的搏斗。在搏斗中，夏洛克感到了对手拔匕首的力量。福尔摩斯被即将到来的胜利，被尽快制伏这个亚森·罗平同伙的疯狂欲望所激励，感到自己力大无穷。他把对手打翻在地，用整个身子压住他，五根手指就像一把钳子似的掐住了那个不幸的人的脖子。他用另外一只手拿着手电筒，按了电钮，把光照到那个俘虏的脸上。

“华生！”他惊叫了一声。

“夏洛克·福尔摩斯！”一个被扼住的低沉的声音说道。

他们两个人就这么待在一起，谁都没说话，都已经筋疲力尽、脑袋空空了。一辆汽车的喇叭声打破了寂静，一丝微风吹动了树叶，但福尔摩斯依然一动不动，依然用五根手指掐住华生的喉咙，后者的喘息越来越弱了。

突然，夏洛克被一阵暴怒所控制，他放开自己的朋友，但又抓住他的双肩，疯狂地摇动着。

“你在这儿干什么？回答我……什么？……我让你跑到树丛里来监视我了吗？”

“监视您？”华生呻吟着说，“我哪儿知道那是您啊！”

“那是为什么？你在那儿干什么？你本来应该睡觉的。”

“我睡了。”

“应该睡着！”

“我睡着了。”

“你就不该醒！”

“那您的信……”

“我的信？”

“您让一个人给我送到旅馆里的信。”

“我让人送的信？你疯了吧！”

“我向您发誓。”

“这封信在哪儿？”

他的朋友递给他一张纸。在路灯的灯光下，他惊恐地读道：

> 华生，赶快起床，赶到亨利·马丁大街。那座房子是空的。你进去查看一下，画一个详细的平面图，然后再回来睡觉。
>
> 夏洛克·福尔摩斯

“我正在测量每个房间的面积，”华生说道，“突然发现花园里有个人影。我心里只有一个念头……”

“那就是抓住那个人影……这想法非常好……只是……你看……”福尔摩斯一边拉着他，帮他的同伴站起来，一边说道，“下一回，华生，如果你再收到我的信，先看看是不是别人模仿我的笔迹。”

“这么说，”华生说道，他开始悟到点儿真相了，“这封信不是您写的？”

“唉！不是。”

“那会是谁写的呢？”

“亚森·罗平。”

“他写这封信的目的是什么呢？”

“啊，这个嘛，我还一无所知，正是这一点让我不安。他为什么要去折腾你呢？如果事关我，还可以理解，但他折腾的是你。我在想，他到底是出于什么目的……”

“我想赶快回酒店。”

“我也是。”

他们来到了栅栏前。华生走在前面，抓住铁杠，用力拉着。

他说道：“您把门给锁上了？”

“没有啊，我是有意让门开着的。”

“可是……”

夏洛克也拉起门来。接着，他慌了，冲到了门锁前，一句粗话脱口而出：

“天杀的……门锁上了！是用钥匙锁上的！”

他用尽全身的力气摇晃着，意识到是白费力才放下手，不禁有些垂头丧气。

他断断续续地说道：

“现在我全明白了。是他！他估计到我会在克莱伊下车，就在这儿给我设下了个圈套，等着我回来调查，并且‘好心’地给我送来一个被困的伙伴。这一切都是为了让我浪费一天的时间，同时向我证明，我没有做好自己的事。”

“这就是说，我们成了他的俘虏。”

“夏洛克·福尔摩斯和华生成了亚森·罗平的俘虏。这场战斗让人不可思议地开始了……不，不，不能就这么开始……”

一只手放到了他肩上，是华生的手。

“楼上……看楼上……有光……”

果然，二楼的一个房间被照亮了。他们两个人立刻分别从两个不同的楼梯冲了上去，同时出现在那个有亮光的房间门口。房屋中间有一个正在燃烧的蜡烛头，旁边放着一个篮子，篮子里露出一个酒瓶的细颈，还有鸡腿和半个面包。

福尔摩斯笑了起来：

“太好了，有人请我们吃饭！这是个神奇的宫殿，一个真正的神话！得了，华生，别像参加葬礼似的绷着脸。这一切都太逗了。”

“您真的觉得这一切很好玩儿吗？”华生哭丧着脸说道。

“我当然觉得好玩儿了，”福尔摩斯兴高采烈地说道，语调因为过于兴奋而显得有点儿不自然，“也就是说，我从来没见过这么好玩儿的事。这是一出名副其实的喜剧……这个亚森·罗平真是个讽刺大师啊！……他在耍你，而方式又那么优雅！……这场盛宴，就是给我金山银山我也不换……华生，我的老朋友，你让我很难过。即使我可能会搞错，你不是也会凭借你那高尚的品德来帮助我承受这种厄运吗？你还抱怨什么呢？在这个时候，你很可能会被我在脖子上捅一刀，也可能是我被你捅上一刀——这正是你所要做的啊，我的坏朋友！”

他用幽默、嘲笑、挖苦，总算把可怜的华生的情绪调动起来，让他吞下一个鸡腿，喝了一杯酒。可是，蜡烛燃尽以后，他们只好躺下来睡觉。他们把地板当床，枕着墙，处境艰难，睡得很不舒服。

第二天早晨，华生醒来时浑身疼痛，身子冰凉。一个轻轻的声音吸引了他的注意力：福尔摩斯跪在地上，身子弯曲，正用放大镜观察地上的灰尘。他发现了几乎被擦掉的用白色粉笔写的数字，于是把这些数字抄到了小本子上。

在华生的陪同下——华生对这个工作特别感兴趣——他

研究了每一个房间。在另外两个房间里，他也发现了用粉笔写的同样的符号。他还发现在橡木地板上有两个圆圈，护墙板上有一个箭头，楼梯的四个台阶上有四个数字。

一个小时后，华生对他说道：

“数字很精确，对吧？”

“精确与否，我不知道，”夏洛克回答道，这些发现让他恢复了好心情，“但不管怎么说，它们都有某种含义。”

“含义很明确，”华生说道，“它们标志着地板的木条数目。”

“啊？”

“是的。至于那两个圆圈，它们表示那儿的地板是假的，正如您确定的那样。而那个箭头则指着送菜装置的方向。”

夏洛克·福尔摩斯惊讶地看着他：

“啊，我的好朋友，你怎么会知道这个？你的高见简直让我汗颜。”

“哦，这太简单了。”华生喜不自胜地说道，“是我昨天晚上画的这些标志，按照您的指示，或者说按照罗平的指示——您给我的那封信是他写的。”

华生此刻冒的风险可能比刚才跟福尔摩斯在树丛里搏斗时所冒的风险还要大，后者真想把他掐死。他克制着自己，本来想微笑，却做了个鬼脸，说道：

“好极了，好极了，事情办得非常出色，我们向前迈进了很大的一步。您那卓越的分析能力和观察能力还用在别的方面了吗？”

“哦，没有，我的能力到此为止了。”

“那太遗憾了！不过这是个很好的开始。既然如此，那我们就只好走了。”

“走？怎么走？”

“按照好人走的习惯：从门出去。”

“可是门是锁着的。”

“那我们就把它打开。”

“什么？”

“请叫一下那两个在街上走来走去的警察！”

“可是……”

“可是什么？”

“这太丢人了……要是他们知道了您就是夏洛克·福尔摩斯，我就是华生，咱们俩让亚森·罗平给困在里面了……”

“那有什么办法呢，我亲爱的？让别人笑破肚皮吧，”夏洛克紧绷着脸，语气生硬地说道，“可我们总不能在这里定居吧！”

“那您就什么都不尝试了吗？”

“什么都不尝试了。”

“那个给我们送饭的人来来回回都没有穿过花园，因此，一定还有另外一个出口。咱们自己找找，不需要找警察帮忙。”

“你的想法非常棒！可你忘了，这个出口，全巴黎的警察已经找了半年了。你睡觉的时候，我自己从上到下在公馆里找了一遍。啊！我的好华生，对我们来说，亚森·罗平是个不熟悉的猎物，这家伙不会在身后留下一点儿痕迹……”

十点钟的时候，夏洛克·福尔摩斯和华生被解救了，并被送到了最近的警所。警长严厉地审问了他们，最后放了他们，并装出一副尊敬的表情，用夸张的语气说道：

“我对你们的遭遇感到遗憾，先生们，你们会对法国人的好客很反感。天哪，昨天夜里你们俩是怎么过的呢？这个罗平太不尊重人了！”

一辆汽车把他们送回了爱丽舍大酒店。华生向前台工作人员要自己房间的钥匙，那个人找了半天，惊讶地回答：

“可是，先生，您已经退房了啊！”

“我？怎么退的？”

“通过一封信，您的朋友今天早晨交给我们的。”

“哪个朋友？”

“交给我们信的那位先生……看，您的名片还夹在里面。都在这儿。”

华生把信拿了过来。里面着实有一张他的名片，而那封信上也着实是他的笔迹。

“上帝啊，”他轻轻地说道，“他又要了一个花招儿。”

接着，他不安地问道：

“那我的行李呢？”

“您的朋友拿走了。”

“啊……你们把行李也交给他了？”

“那当然，因为有您的名片啊！”

他们两个人只好走了，一声不响地慢慢地在香榭丽舍大街上走着。秋天那美丽的阳光洒在街上，空气温和、清新。

到了圆形广场，夏洛克点燃了烟斗。华生大声说道：

“我很不理解您，福尔摩斯！人家在嘲笑您，在要您，就像猫要老鼠一样……您却一句话也不说！”

福尔摩斯停下脚步，对他说道：

“华生，我在想你那张名片。”

“怎么了?”

“这说明，他为了和我们博弈，专门搞到了你和我的笔迹样本，并且在他的皮夹子里放了一张你的名片。你想过吗，这意味着他有多么谨慎，多么敏锐，多么有条理……”

“这就是说……”

“这就是说，华生，我们要想打败一个武装得如此可怕、准备得如此完美的人，就必须……必须是我。正如你看到的，华生，”他笑着补充道，“我们不可能一下子就打败他。”

晚些时候，《法兰西回声报》上刊登了下面这条消息：

> 今天早晨，巴黎十六区警察分局局长特纳尔先生解救了被亚森·罗平锁在过世的多特莱克男爵公馆里的夏洛克·福尔摩斯先生和华生先生。他们在公馆里度过了美好的一夜。
>
> 他们丢了自己的箱子，便要状告亚森·罗平。
>
> 亚森·罗平这一次只给了他们一个小小的教训，请他们不要迫使他采取更加严厉的措施。

“哼!”福尔摩斯一边用手揉着报纸，一边说道，“恶作剧！这是我对罗平的唯一谴责……太孩子气了……公众太宠他了……这个人身上有一种调皮的孩子气!”

“这么说，福尔摩斯，您依然很平静?”

“依然很平静，”福尔摩斯重复道，但语调里充满了可怕的愤怒，“有什么必要发火？我坚信，这场战斗是我说了算!”

四、 黑暗中的几点亮光

一个人有时候会很坚强——福尔摩斯就是这样一种人，厄运从来不会对他有丝毫的影响——但有时候，即使最坚强的人也需要在准备赢得一场新的战斗之前积蓄力量。

“今天我给自己放假了。”他说道。

“那我呢?”

“华生，你去买些衣服来充实咱们的衣柜。趁这工夫，我想休息休息。”

“您好好休息吧，我值班。”

华生用在最危险的前哨执勤的哨兵的语气说出了这几个字。他挺起胸膛，绷紧全身的肌肉，用敏锐的目光扫视了一下他们下榻的旅馆的房间。

“请注意，华生，我利用这段时间制订了一个计划，一个更适用于我们要战胜的这个对手的计划。你看，华生，我们看错罗平了，必须从头再来。”

“如果可能的话，甚至应当从更早的阶段开始。可是，我们还有时间吗?”

“九天，老伙计！还富裕五天呢!”

英国人整整一下午都在抽烟、睡觉，第二天才开始实施他的计划。

“华生，我准备好了。现在，我们要前进了。”

“前进!”华生激情满怀地大声说道，“我承认我已经急不可耐了。”

福尔摩斯进行了三场长长的谈话。首先是德迪南律师，他仔细研究了他那套住房的每一个角落。然后是苏珊·热尔布瓦，给她发了封电报，请她过来，向她询问了金发女郎的事。最后是奥古斯特嬷嬷，自从多特莱克男爵被谋杀以后，她就回维兹坦迪纳修道院了。

每次谈话的时候，华生都等在外面。每次谈话结束以后，他都要问：

"满意吗?"

"非常满意。"

"我早就信心满满了。我们走对了方向。前进!"

他们真的走了很远。他们参观了亨利·马丁大街那座公馆两边的楼房，然后去了克拉佩隆街。在观察二十五号那座房子的时候，福尔摩斯说道：

"非常明显，这些房子之间都有秘密通道。不过，我不明白……"

华生第一次怀疑自己这位天才的合作者的超凡能力。他为什么说的多，而做的却那么少呢?

"为什么?"福尔摩斯大声说道，他在回答华生心里的问题，"因为和这个魔鬼罗平打交道，你就像面对着旷野一样，如果盲目出击，就会发现你无法从一些具体的事件中找出真相，而只能从他的脑袋里揪出真相，然后再看看这个真相是不是与事实相吻合。"

"那些秘密通道呢?"

"即便能够弄清罗平出入那位律师家的通道，或者金发女郎在谋杀多特莱克男爵以后逃跑的通道，又能怎么样呢?能够让我拥有打击他的武器吗?"

"我们终归是要打击他的。"华生大声说道。

话音未落，他就吃惊地向后退了一步—— 一件东西落到了他们脚下。那是一个袋子，里面装了半袋沙子，弄不好会把他们砸成重伤。

福尔摩斯抬起了头。在他们上面，工人正在固定在六层阳台的脚手架上干活。

“噢，我们还算幸运，”他大声说道，“再靠近一步，这些人里的某个笨蛋就会把沙袋砸到我们头上。这真让人觉得……”

他突然停止说话，朝那座楼跑去。他跑到六楼，按了门铃，冲进那套房子，在目瞪口呆的男仆的注视下，跑到了阳台。不过，那里居然一个人也没有。

“刚才在这儿干活儿那些工人呢?”他问那个男仆。

“他们刚走。”

“从哪儿走的?”

“从送货的楼梯下去的。”

福尔摩斯俯下身，看见两个人走出这座房子，推着自行车。然后，他们骑上车，不见了。

“他们在这个脚手架上工作很长时间了吗?”

“这个脚手架是今天早晨才搭的——都是些新手。”

福尔摩斯回到了华生身边。

他们忧郁地回到了房间。这第二天就在沮丧和沉默中过去了。

翌日，计划依旧，他们照旧坐在亨利·马丁大街的长椅上。让华生深感失望的是，他们只能面对着这三座房子没完没了地坐着，实在高兴不起来。

“福尔摩斯，您是希望看到罗平从这些房子里出来吗?”

“不是。”

“是希望看到金发女郎出现吗?”

“也不是。”

“那么……”

“我是希望发生点儿什么事，能让我有出发的起点。”

“要是什么事都不发生呢?”

“那样的话，就会在我身上发生点儿什么，哪怕是冒出个火星，点燃炸药……”

只发生了一件事，打破了这个上午的沉寂，但这件事是以一种令人不快的方式发生的。一个骑士骑着马在两条人行道中间的骑马道上行进着。那匹马突然打了一个趔趄，碰到了他们坐的长椅，马屁股碰了福尔摩斯的肩膀一下。

“唉！唉!”福尔摩斯冷笑着说，“再用点儿劲儿，我的肩膀就骨折了!”

那位先生和他的马一起挣扎着。英国人掏出手枪，瞄准了他。华生急忙抓住了他的胳膊。

“您疯了，夏洛克！您瞧……怎么……您要把这位绅士打死吗?”

“放开我，华生……放开我!”

他们俩相互撕扯着。这时，那位骑士用马刺使劲儿刺了一下马，控制住了自己的马。

“现在您开枪吧!”等那个人跑出一段路之后，华生喊道。

“你这个双料傻瓜，难道你不知道这是亚森·罗平的一个同伙吗?”福尔摩斯气得浑身发抖。

华生可怜巴巴地问道：

“您说什么？这位绅士？……”

“跟那几个差点儿把沙袋砸到我们头上的工人一样，都是他的同伙。”

“这可信吗？”

“不管是不是可信，我这么做可以拿到证据。”

“打死那位绅士？”

“打伤他的马就行了。要是没有你，我就抓住罗平那个同伙了。你知道自己干了蠢事吧！”

整个下午他们都怏怏不乐，谁都不说话。到了五点钟的时候，他们在克拉佩隆街来回走着，尽量远离那座房子。这时，三个工人相互挎着胳膊，唱着歌走过来，撞了他们一下，想继续往前走。福尔摩斯心情很不好，于是挡住了他们。双方互相冲撞了一番。福尔摩斯摆出拳击的姿势，给了其中一个人胸上一拳，又给了另一个人脸上一拳，击倒了三个年轻人当中的两个。不过，人家没有继续搏斗，而是和其他伙伴一起走了。

“啊！”他大声说道，“这让我心里舒服多了……我正神经紧张呢……一场痛快的战斗……”

他发现华生靠在墙上，就对他说：

“嘿，怎么了，老伙计？你脸色怎么那么难看？”

老伙计指了指他那只耷拉着的胳膊，轻轻地说道：

“我也不知道怎么了……胳膊很疼。”

“胳膊疼？疼得厉害吗？”

“是的……是的……右胳膊……”

他费了很大劲，那只胳膊还是动不了。夏洛克轻轻地摸了摸那只胳膊，然后用力摇晃了一下。“这是为了弄清疼痛的程度。”他这样说道。华生疼得叫出声来，这使他很不安。他们进了一家药店，华生晕倒了。

药剂师和他的助手们立刻忙活起来。他们发现那只胳膊是骨折了，接下来，就是找外科医生做手术和住疗养院的问题了。在这之前，大家得先给病人脱衣服。病人再次疼得叫了起来。

“好了……好了……很好……”福尔摩斯负责托着那只胳膊，“再忍一忍，老伙计……再过五六个星期就一点儿事都没有了……刚才那几个混蛋一定要为此付出代价，你听见了吗……尤其是他……这又是那个可恶的罗平干的……啊！我发誓，如果……”

他突然停住口，放下那只胳膊，这使得华生又疼得昏了过去。福尔摩斯敲着自己的脑袋，说道：

“华生，我有一个想法……会不会……”

他一动不动，两眼发直，说道：

“对，就是这么回事……一切都迎刃而解了……我们绕了个大弯子，其实问题就摆在眼前……天哪，我早就知道，只要动动脑子就可以了……啊！我的好华生，我想你一定会感到高兴的……”

他扔下老朋友，自己跑到街上，一直跑到二十五号门口。

在门的右上方的一块石头上刻着下面的字样：建筑师德坦日，一八七五年。

在二十三号门上也刻着同样的字。

到此为止，一切都很正常。可是，那边呢？亨利·马丁大街呢？在那里会看到什么呢？

一辆马车从旁边经过。

“车夫，去亨利·马丁大街一三四号，快!”他站在马车上催促着，给了车夫一些小费，“快点儿！再快点儿!”

到了拉蓬普街转弯的地方，他心急如焚！他会不会看到点儿能让他识破真相的东西呢?

在公馆的一块石头上刻着下面的字样：建筑师德坦日，一八七四年。

在邻近的楼房上也刻着同样的字：建筑师德坦日，一八七四年。

他大喜过望，兴奋不已，以至于瘫倒在马车里好几分钟。黑暗中终于闪出一丝光亮！仿佛在一片广袤的森林里交叉着无数条小径——他终于找到了敌人所走的那条小径上的标志!

在一个邮局里，他要求与克罗松城堡通话。是伯爵夫人亲自接的电话。

“喂！……是您吗，夫人?”

“是福尔摩斯先生吗？一切都很顺利吧!”

“很顺利。不过，请您赶快告诉我……喂……只要一句话……”

“请问吧。”

“克罗松城堡是什么时候建造的?”

“三十年前建的，后来又重建了。”

“是谁建的？在哪一年?”

“在大门的上方有一个牌子，上面写着：建筑师德坦日，一八七七年。”

“谢谢，夫人，向您致敬!”

他一边走一边自言自语：

“德坦日……吕西安·德坦日……这个名字我并不

陌生。”

在阅览室里，他查阅了《现代人名词典》，抄下了对吕西安·德坦日的介绍：“吕西安·德坦日，一八四〇年出生，曾荣获罗马建筑大奖、荣誉勋位勋章，设计了多个备受青睐的建筑……”

他回到药店，又从那里去了疗养院——华生被人送到那里去了。他这个老伙伴正躺在病床上受罪，胳膊上打着石膏，发着高烧，说着胡话。

“胜利了！胜利了！”福尔摩斯喊道，“我已经找到线索了。”

“什么线索？”

“把我引向目的地的线索！我将走在一块坚实的土地上，那里有足迹，有线索……”

“有香烟灰吗？”华生问道，形势的好转也给他带来了生气。

“还有很多其他蛛丝马迹呢！你想想吧，华生，我找到了有关金发女郎的几件事之间的神秘联系。为什么发生那三个事件的三个地方会被罗平选中呢？”

“是啊，为什么？”

“因为这三座房子，华生，是同一个建筑师设计的。这容易让人想到吗？肯定不容易……因此，谁都没想到这一点。”

“谁都没想到，除了您。”

“除了我，现在谁会发现三座建筑是同一个建筑师设计的呢？三件看上去神奇，实际上既简单又容易的事情……”

“太好了！”

“现在是时候了，老伙伴，我没有耐心了——已经是第四天了。”

“十天里的四天。”

“啊！从此……”

他一反常态，欢天喜地，激情满怀，已经坐卧不宁了。

“啊！刚才在街上，那几个流氓很有可能把我的胳膊弄断，就像把你的胳膊弄断那样。你怎么想，华生？”

华生听到这种假设，禁不住哆嗦了一下。

福尔摩斯继续说道：

“让我们从中吸取教训吧！你看，华生，我们最大的错误就是公开和罗平斗，主动把自己送上门挨打。好在我们只给自己带来一半的伤害，因为他只伤害了你一个人。”

“我也只断了一只胳膊。”华生呻吟着说道。

“本来有可能两只胳膊都被打断的。不过，他也用不着再虚张声势了。在光天化日之下，在他的视野中，我被打败了。可是在暗处，当我可以行动自如的时候，我就占上风了，不管敌人多么强大。”

“加尼马尔可以帮助您。”

“绝不！我要等到那一天，等到我可以说，亚森·罗平就在那里，那儿就是他的老窝，应当如何如何去抓他的时候，我才会让加尼马尔去他给我地址的两个地方，即他在佩尔高莱兹街的家或者夏特莱城堡广场的瑞士咖啡馆。在这之前，我要单独行动。”

他走到床边，把手放到华生肩上——当然是放到那个受伤的肩上——非常温和地对他说：

“好好养伤，我亲爱的老伙伴。从现在起，你的任务就是关注亚森·罗平的两三个同伙。他们会徒劳地等在附近，等着搞到我的线索，等着我来看望你。这是一个让人信任的角色。”

“一个让人信任的角色，我非常感谢。”华生用充满感激的语气说道，“我会全神贯注地去完成这个任务的。不过，依我看，您不会再回来了，对吧？”

“回来干什么？”福尔摩斯冷冷地问道。

“的确……的确……我身体越来越好了。那么，就满足我最后一个请求吧！夏洛克，可以给我倒杯水吗？”

“喝水？”

“是啊，我都要渴死了，还发着烧……”

“怎么会呢？我马上……”

他抚弄着两三个水瓶，看到一包烟丝，就点燃了自己的烟斗。突然，他就像根本没听见朋友的请求似的，起身就走了，而那个老伙伴正在眼巴巴地看着那杯可望而不可即的水。

“德坦日先生在吗？”

仆人看到自己刚刚打开的公馆——坐落在马来伯广场与蒙沙南街交界处的一座非常漂亮的公馆——大门前站着一个满头乱糟糟的灰发的人。他身上穿着一件脏兮兮的黑色长礼服，样子很另类。仆人用轻蔑的口吻答道：

“德坦日先生在与不在，要看情况而定。先生有名片吗？”

先生没有名片，但有一封引荐信，于是仆人只好把信交给了德坦日先生。德坦日先生命令他把来人请过来。

于是，他被领进一个很大的圆顶房间，四面墙都被书遮住了。建筑师对他说道：

“您就是斯迪克曼先生?”

“是的，先生。”

“我的秘书说他病了，让您来接替他的工作，继续在我的指导下进行目录登记工作，特别是对德语书籍。您熟悉这类工作吗?”

“是的，先生，这类工作我做过很长时间了。”这位斯迪克曼先生以浓重的日耳曼口音回答道。

在这种情况下，他们很快就达成了协议，德坦日先生立刻就与新秘书一起开始工作了。

夏洛克·福尔摩斯上岗了。

为了摆脱罗平的监视，也为了能进入吕西安·德坦日与他女儿克洛蒂尔德住的公馆，这位卓越的侦探只好进入匿名状态，用尽计谋，使用各种名字，得到了一群大人物的好感与信任。总之，他过了四十八小时极其复杂的生活。

他了解到的情况是：德坦日先生由于身体欠佳，希望休息，所以离开了自己的工作岗位，全身心地投入到了自己收集的有关建筑的书籍中。除了观看和用手触摸自己那些落满灰尘的书籍之外，他再也没有别的乐趣了。

他女儿克洛蒂尔德也被视为怪人。她跟父亲一样，总是把自己关在家里，只不过是在公馆的另外一端。她从来不出门。

“这一切，”他一边查找着德坦日先生给他提供的书名，一边想，“都不是决定性的，但我已经向前迈进了一大步！我不可能找不到解开其中一个令人着迷的谜团的办法。德坦日先生会不会是亚森·罗平的同伙呢？他会不会还在和他联系呢？他家里会不会还有与那三座房子有关的建筑图纸呢？这些资料会不会给我提供另外一些楼房——里面也修了暗道，也被罗平及其同伙利用的楼房——的情况呢？”

德坦日先生是亚森·罗平的同伙吗？荣誉勋位勋章的获得者会与一个江洋大盗相勾结吗？这种假设不太可信。就算他们是同伙，德坦日先生也不可能在三十年前就预见到，当时还是个婴儿的亚森·罗平将来要从那些地道逃走。

管他呢！英国人坚持着。凭着他那神奇的嗅觉，凭着他那特有的本能，他感觉到某种神秘的现象包围着自己。这种神秘的现象可以在一些细枝末节中感受到。自从他进入公馆，这些现象就存在着，但是还无法让人看清。

第二天上午，他依然没有任何有意义的发现。到了下午两点，他第一次看到了克洛蒂尔德·德坦日——她是来书房找一本书的。这是一个三十岁左右的女人，棕色头发，动作轻盈，脸上带着那种性格内向的人所特有的对外界不屑一顾的表情。她和德坦日先生说了几句话，然后，对福尔摩斯连看都没看一眼就离开了。

下午过得很慢，很单调。五点钟的时候，德坦日先生说他要出去，于是福尔摩斯就一个人待在半悬在圆屋顶下面的环形廊道里。天色渐渐晚了，他也准备走了。就在这时，他听到了咔嚓一声响。与此同时，他感到屋子里有人进来。几分钟过去了，他突然一激灵：一个人影从昏暗中显现出来，就在阳台上，离他很近。这个隐形人究竟在这里陪伴他多久了呢？

那个人走下楼梯，朝一个橡木壁橱走去。福尔摩斯躲在吊在楼梯扶手旁边的帘子后面，跪在地上观察着那个人。他看到那个人在翻动堆满壁橱的书。他到底在找什么呢?

就在这时，门突然开了，德坦日小姐快速地走了进来，对身后的人说道：

“这么说，你是肯定不出去了，爸爸……既然如此，那我就开灯了……等一下……别动……”

那个人关上壁橱的门，躲在一扇很宽的窗洞后面，把窗帘拉过来挡住自己。德坦日小姐怎么会看不见他呢?怎么会听不见他的声音呢?她不慌不忙地拧开电灯，给父亲让开路。他们先后坐下来。她拿起自己带来的一本书，读了起来。

“你的秘书不在?”过了一会儿，她对父亲说道。

“不在……你不是看见了吗……”

“你对他始终很满意吧?”她问道，就像根本就不知道真正的秘书病了，现在由福尔摩斯代替似的。

“始终……始终……”

德坦日先生的头一会儿倒向左边，一会儿倒向右边——他睡着了。

姑娘还在看书。这时，窗帘被拉开了，那个人顺着墙根儿朝门走去。他做这个动作时背对着德坦日先生，却面对着克洛蒂尔德小姐，因此福尔摩斯清清楚楚地看见了他——亚森·罗平!

英国人兴奋得浑身发抖。他的神机妙算是正确的，他已经深入到了神秘事件的核心——罗平恰好出现在他所预见的地方。

克洛蒂尔德一动不动，尽管那个人的每一个动作都没有逃过她的眼睛。罗平的手几乎要碰到门了。他刚朝门把手伸出手，突然，有一件东西被他的衣服从桌子上碰到了地上，德坦日先生被惊醒了。这时，罗平站在他面前，手里拿着帽子，笑容可掬。

“马克西姆·贝尔蒙！”德坦日先生高兴地大声喊道，“我亲爱的马克西姆！……是什么风把您给吹来了？”

“是因为想看看您和德坦日小姐。”

“您旅行回来了？”

“昨天回来的。”

“您留下来和我们共进晚餐吧！”

“不了，我还要和几个朋友一起吃晚饭。”

“那明天吧，怎么样？克洛蒂尔德，你挽留一下他嘛，让他明天来。啊！可爱的马克西姆……这几天我正想您呢！”

“真的？”

“是的，我整理以前的资料，把它们放进这个壁橱里时，发现了咱们最后的账目。”

“什么账目？”

“就是亨利·马丁大街的账目。”

“怎么，您还留着那些废纸？还有什么用嘛……”

他们坐到了小客厅里。小客厅与圆屋顶的大厅之间的墙上有个大窗洞。

“这是罗平吗？”福尔摩斯心里突然产生了一种挥之不去的疑虑。

非常明显，这就是他。然而，这又像是另外一个在某些方面很像亚森·罗平，却依旧保持着自己的独特风格和个性，乃至目光、头发的颜色……

他身穿礼服，系着白领带，面料柔软的衬衫使他那丰满的胸肌十分明显。他以轻松的语气说着话，讲述着让德坦日先生开怀大笑，也让克洛蒂尔德唇边露出一丝微笑的故事。她的每一次微笑仿佛都是亚森·罗平竭力要获取的鼓励，他为自己能够征服她而感到欣慰，于是就讲得更生动、更欢快。听着这种欢快悦耳的声音，克洛蒂尔德脸上有了生气，那种拒人于千里之外的矜持已荡然无存。

“他们在相爱，”福尔摩斯心想，“可是，克洛蒂尔德·德坦日和马克西姆·贝尔蒙之间有什么共同点呢？她知不知道马克西姆就是亚森·罗平呢?”

一直到七点，他都在不安地听他们说话，仔细地琢磨每一句，哪怕是最没有意义的话。然后，他小心翼翼地走下楼梯，从最不可能被客厅里的人看见的一边走了出去。

到了外面，福尔摩斯发现附近既没有汽车，也没有马车。于是，他沿着马来伯街一瘸一拐地走了。到了临近的一条街上，他把搭在胳膊上的大衣穿在身上，整理了一下帽子，挺直了身子。改头换面之后，他又回到广场上，从那里盯着德坦日公馆的大门。

亚森·罗平很快就出来了，走过君士坦丁堡街和伦敦街，直奔巴黎市中心。福尔摩斯在他身后大约一百步远的地方紧紧地跟着。

对这个英国人来说，这是十分惬意的一段时光。他大口地呼吸着，就像一只狡猾的猎犬刚刚嗅到猎物的气味似的。这种跟踪自己对手的感觉实在是太美妙了！现在不是他被跟踪，而是亚森·罗平——那个来无影去无踪的亚森·罗平——被他跟踪。他用眼睛盯着他，就像用一条剪不断的线牢牢地系着他一样。他看着自己的猎物——这个走在熙来攘往的行人中间的猎物——真有点儿乐不可支。

不过，很快就出现了一个奇怪的现象，这让他感到很惊讶：就在把他和亚森·罗平分开的这段路上，又出现了一些朝着同一个方向走的人。在左边的人行道上出现了两个头戴圆帽子的大个子，在右边的人行道上有两个头戴鸭舌帽、嘴里叼着香烟的家伙。

这或许只是一种偶然，可福尔摩斯确实看见罗平进了一家香烟店。这时，那四个家伙立刻停了下来。这就更加使他感到蹊跷了！尤其使他大惑不解的是，他们同时开始往前走，但又分开——大路朝天，各走一边——沿着当坦街向前走着。

“该死！”福尔摩斯心想，“他被人跟踪了！”

一想到别人也在跟踪亚森·罗平，不是想夺走他的荣誉——对此，他并不怎么担忧——而是要夺走他那无尽的快感，那种独自摧毁这个他从未遇到过的强大对手所带来的快感，他就非常恼火。可他不会弄错：那几个人脸上都是一副悠然自得的神态，那表情太自然了！只是，他们都竭力让自己的脚步和别人一致，不希望引起别人的注意。

“加尼马尔知道的是不是比他告诉我的更多呢？”福尔摩斯心想，“他是不是在耍我呢？”

他很想靠近那几个人当中的一个，让自己的脚步跟他一致。但是离大街越近，行人就越多，他担心会丢掉罗平，于是加快了脚步。他刚一离开大马路，就看见罗平走上了埃尔德街拐角处的匈牙利餐厅的台阶。餐厅门大开，所以坐在大街另一侧长椅上的福尔摩斯清清楚楚地看见罗平坐到了一张摆满饭菜、点缀着鲜花的餐桌旁。桌边坐着三个身穿礼服的男子和两位着装考究的女士，他们热情地跟他打着招呼。

夏洛克用目光搜寻了一下那四个家伙，发现他们混在隔壁一家咖啡馆门前听茨冈人乐队演奏的人群中。奇怪的是，他们好像并不关心罗平，却对自己周围的人更感兴趣。

突然，他们当中的一个拿出一支烟，走到一个身穿礼服、头戴高筒礼帽的先生跟前。那位先生把自己的雪茄递了过去。福尔摩斯觉得他们在说话，绝不仅仅是点一支烟那么简单。最后，那位先生走上餐厅的台阶，朝餐厅里面看了一眼。看到罗平以后，他走过去跟罗平说了几句话，然后在旁边的一张桌子前面坐了下来。福尔摩斯发现这个人不是别人，正是那天在亨利·马丁大街上骑马的那个人。

他这才明白，亚森·罗平不仅没有被人跟踪，而且是被人保护着！这些人是在保护他的安全！这些人是他的保镖，他的贴身护卫，他的喽啰。主人在哪里会有危险，这些同伙就会出现在哪里，时刻准备提醒他，时刻准备保护他。那四个人是他的同伙！这个穿礼服的人也是他的同伙！

英国人禁不住打了个寒战。他这辈子还有可能抓住这个无法触及的人吗？一个由他这样的人领导的组织，该有多么强大啊！

他从自己的本子上撕下一张纸，用铅笔写了几行字，放进一个信封，然后对一个躺在长椅上睡觉的十五六岁的男孩儿说道：

“孩子，你雇一辆车，把这封信送到夏特莱城堡广场的瑞士餐厅。快！”

他给了那孩子一枚五法郎的硬币。那孩子立刻就不见了。

半个小时过去了，街上的人更多了，福尔摩斯只能偶尔看见罗平的那几个同伙。就在这时，有人碰了他一下，一个声音在他耳边响起：

“喂，您有什么事啊，福尔摩斯先生？”

“是您吗，加尼马尔先生？”

“是我，我在瑞士餐厅收到了您写的纸条。有什么事吗？”

“他在那儿。”

“您说什么？”

“那边……餐厅尽里边……您朝左边低下头……看见他了吗？”

“没有。”

“他在给旁边的人倒香槟。”

“可那不是他。”

“就是他。”

“我可以担保……啊！可是……确实，有可能……啊！这个混蛋，太像了！……”加尼马尔天真地低声说道，“那另外几个人呢？是他的同伙？”

“不是。他旁边那个人是克里维登夫人，另外一个是德克拉特公爵夫人，对面那个人是西班牙驻伦敦大使。”

加尼马尔朝前迈了一步。福尔摩斯拉住了他。

“您太冒失了！您是只身一人。”

“他也是。”

“不，大街上有他的人在放哨……且不说餐厅里面还有一个，就是那位先生……”

“可我呢，等我用手抓住亚森·罗平的领子，高喊他的名字的时候，整个餐厅的人都会站在我这一边。”

“我更希望看到几个警察。”

“亚森·罗平的同伙睁大眼睛等在那里，就是为了防备警察！……不，您看，福尔摩斯先生，我们没有选择的余地。”

他是对的，福尔摩斯感到了这一点。最好还是利用这个非同寻常的机会，碰碰运气。他只是叮嘱了一下加尼马尔：

“您要尽量晚一点儿让别人认出自己……”

他自己躲在一个报亭后面，眼睛始终盯着里面的那个亚森·罗平——那个正在微笑着附身与身边的女士说话的亚森·罗平。

警长穿过大街，两只手放在口袋里，像个勇士。可是，他刚一走到对面的人行道上，就突然改变了方向，一下子跳上了台阶。

响起一阵刺耳的哨声……加尼马尔不小心撞到了餐厅老板——突然挡在门口的餐厅老板。后者不容分说，愤怒地推着他，仿佛他冒昧地闯到这里，有辱这豪华的餐厅似的。加尼马尔被推得摇摇晃晃。与此同时，那位穿礼服的先生走了出来，站在警长那边。于是，他们两个人——餐厅老板和他——激烈地争吵起来。两个人都抓住加尼马尔，一个往里拉，一个往外推。尽管他尽力抵抗着，愤怒地抗议着，但还是被推到台阶下面去了。

周围立刻挤满了人。两名警察听到吵闹声，试图穿过人群。可是，一种令人费解的力量让他们一动也不能动，无法摆脱那些挡住他们去路的肩膀和后背。

突然，奇迹出现了——前面的道路畅通了！餐厅老板知道自己弄错了，不好意思地一个劲儿地道歉。穿礼服的先生不再保护警长，人群也散开了，两名警察走了过来。加尼马尔冲到那张坐着六个客人的餐桌前……只剩下五个客人了！他朝四周看了看……除了大门之外，没有其他出口。

“刚才坐在这里的那个人呢？”他冲着那五个目瞪口呆的人吼叫着，“你们是六个人……那第六个人到哪里去了？”

“德特罗先生？”

“不是。是亚森·罗平！”

一个服务生走了过来：

“那位先生刚刚上了一楼和二楼之间的中间层了。”

加尼马尔急忙冲了上去。中间层上有一个特别大的大厅，还有一个专门的出口，直接通到大街上！

“现在赶紧去找他啊！”加尼马尔有气无力地说道，“他恐怕已经走远了！”

他走得并不远，最多走出了二百米。他坐在从马德莱娜大街开往巴士底广场的公共马车上。三匹马小步跑着，拉着马车穿过歌剧院广场，朝卡普西纳街方向走着。在公共马车车厢外面的踏板上，两个头戴圆顶礼帽的大汉正聊着天儿。在阶梯上面的顶层上，有一个人正打着瞌睡，他就是夏洛克·福尔摩斯！

在摇晃的马车中，英国人的头东摇西摆。他心里在想：

“要是我的好华生看见我，一定会为我这个合作者感到骄傲！……一听到哨声，很容易让人明白，行动失败了，剩下的只有监视餐厅周围了。不过，说真的，跟这个魔鬼打交道还真挺有意思的！”

到了终点站，夏洛克朝下面看了一眼，看见亚森·罗平从保镖身边走了过去。罗平轻轻地说道：“去星形广场。”

“去星形广场？好极了！他们是在约会。我也到那里去！让他坐在这辆马车里吧，我乘车跟着他的那两个同伙。”福尔摩斯心想。

罗平的那两个同伙确实来到了星形广场，去按了夏尔格林街四十号的门铃。在这条冷清清、空荡荡的街道的拐角处，福尔摩斯躲进一面加固墙的阴影里。

一层的一个窗户开了，一个头戴圆顶礼帽的人关上了护窗板。护窗板上面的楣窗亮了。

十分钟以后，一位先生来按这家的门铃。很快，又来了一个人。最后，一辆出租马车停到了这家门前。福尔摩斯看到，从里面下来两个人：亚森·罗平和一个身上穿着大衣、脸上蒙着厚厚的面纱的女士。

“是金发女郎，毫无疑问！”福尔摩斯心想。这时，马车走远了。

他等了一会儿，然后走近那座房子，跳上窗台，踮起脚尖，从楣窗往房间里看了一眼。

亚森·罗平背靠着壁炉，正在激烈地说着话。在他身边，其他人在专心地听着。在这些人里，福尔摩斯认出了那位身穿礼服的先生，好像还有餐厅老板。至于金发女郎，她背对着福尔摩斯，坐在沙发里。

“他们在开会！”他心想，“今天晚上的事让他们感到不安了，他们觉得有必要商量一下。啊！要是能够把他们一网打尽……”

他们中的一个人动了一下，福尔摩斯立刻跳了下来，躲进了阴影里。穿礼服的先生和餐厅老板走了出来。二楼的灯光很快就亮了起来。有人关上了护窗板，于是楼上也和楼下一样黑了。

“她和他留在了二楼。”福尔摩斯心想，“这两个人一定是住在二楼。”

他一动不动地等到了半夜，担心他不在的时候亚森·罗平会离开。凌晨四点的时候，街道的尽头出现了两名警察。福尔摩斯走到他们身边，向他们说明了情况，让他们监视这座房子。

然后，他去了加尼马尔在佩尔高莱兹街的家，把他叫醒了。

“我又控制住他了。”

“亚森·罗平？”

“对。”

“您要是还像刚才那样控制他，我还是再躺下睡觉吧！好吧，我们去警察局吧！”

他们一直走到梅斯尼尔街，又从那里来到了警察局局长德库安特尔的家。然后，他们在六名警察的陪同下，来到了夏尔格林街。

“有什么新情况吗？”福尔摩斯问那两个执勤的警察。

“没有任何情况。”

等警察局局长布置好一切以后，天已经发亮了。局长走到了门房跟前。看门的女人被闯进来的这些人给吓坏了，浑身发抖，哆哆嗦嗦地回答说，一楼没有房客。

“怎么，没有房客？”加尼马尔大声喊道。

“没有。是二楼的房客，两位勒鲁先生……是他们在楼下放了家具。为老家的亲戚准备的……”

“亲戚是一位先生和一位女士？”

“对。”

“他们是昨天晚上一起来的？”

“可能是吧……我睡觉了……不过，我不相信……这是钥匙……他们没跟我要钥匙……”

局长用这把钥匙打开了门厅另一边的门。一楼只有两个房间，里面空空如也。

“这不可能！”福尔摩斯大声说道，“我看见他们了——她和他。”

局长讥讽地说：

“我对此毫不怀疑，可是现在他们不在了。”

“上二楼！他们应该在那里。”

“二楼是两位勒鲁先生住的。”

“那我们就问问这两位勒鲁先生。”

他们全都上了楼。局长按了门铃。按第二下的时候，有一个人出来了，是那几个贴身保镖中的一个，穿着衬衫，一脸怒气。

“喂，什么事啊？这么闹……你们这么吵吵闹闹，把人都吵醒了……”

他停顿了一下，然后很不好意思地说：

“上帝饶恕我……我没做梦吧！是德库安特尔先生！……还有您，加尼马尔先生！有什么可以为你们效劳的吗？”

响起了一阵狂笑声——加尼马尔突然神经质地笑了起来，笑弯了腰，面部痉挛起来。

“是您啊，勒鲁！”他结结巴巴地说道，“啊！这太有意思了……勒鲁，亚森·罗平的同伙……啊！我都要笑死了……您兄弟——另一个勒鲁呢？能见见他吗？”

“爱德华，你在那儿吗？加尼马尔先生来咱们家做客了……”

另外一个人走了过来。看见他，加尼马尔笑得更厉害了。

“怎么可能？真是难以想象！啊！我的朋友们，你们俩睡得很香吧……谁会想到呢！幸亏有这个老加尼马尔关照着你们，还有这么多朋友帮助他……来自远方的朋友！”

他朝福尔摩斯转过身，介绍道：

“维克多·勒鲁，保安局探员……爱德华·勒鲁，罪犯人体测量处的负责人。”

五、一次绑架

夏洛克·福尔摩斯毫无怨言。抗议吗？指控这两个人吗？都无济于事。他手里一点儿证据都没有，他也不想浪费时间去寻找证据——没有人会相信他。

他痛苦地紧皱眉头、紧握双拳，一再提醒自己，不要在得意扬扬的加尼马尔面前流露出一丁点儿愤怒与失望。他淡定地向那两个维护社会治安的勒鲁兄弟致意，然后就走了。

到了门厅，他突然朝一个通向地窖的门拐了个弯，拾起一块红色的小石头—— 一块石榴石。到了外面，他转过身，看到四十号门牌旁边有一个牌子，上面写着：

建筑师吕西安·德坦日，一八七七年。

四十二号楼上也写着这几个字。

“都是有两个出口。”他心想，“四十一号和四十二号是相通的。我怎么就没想到这一点呢！昨天夜里我和那两个警察一起留下来就好了。”

他问那两个人：

“我不在的时候，有两个人从这个门出去了，是吗?”

他用手指了指隔壁那间屋子。

“对，一位先生和一位女士。”

他抓住警长的胳膊，把他拉到一边，说道：

“加尼马尔先生，您因为一个小小的麻烦而嘲笑我，对我不满，是不是太过分了……”

“哦，我一点儿都不怪您。”

“是吗？不过，最好的玩笑也只能开一次，我认为现在是该结束的时候了。”

“我同意您的意见。”

“现在已经是第七天了。再过三天，我必须回到伦敦。”

“噢！噢！”

“到时候我一定会回去的，请您在星期二的夜里做好准备。”

“还是为了和今天一样的行动吗?”加尼马尔不无调侃地问道。

“是的，先生，还是同样的行动。”

“那结果是……”

“结果就是罗平被捕。”

“您相信吗?”

“我用自己的名誉担保，先生。”

福尔摩斯向他致敬，然后到最近的旅馆去休息了一会儿。于是，他又变得精神抖擞、信心百倍了。他回到夏尔格林街，往看门人手里塞了两枚一路易的钱币。他知道勒鲁兄弟俩已经走了，还知道这座房子属于一个姓阿尔曼热亚的先生。然后，他点燃一支蜡烛，从刚才捡到石榴石的那道小门走下去，进了地窖。

在楼梯下面，他又捡到一块与刚才那颗石榴石形状完全相同的石榴石。“现在看看我的万能钥匙能不能打开这扇门——地下室的门。开了，太好了！……现在我们来看看这些放酒瓶的铁架子……哦！哦！有的地方的灰尘已经被擦干净了……地上还有脚印……”他说。

一种轻微的声音让他竖起了耳朵。他立刻关上门，吹灭了蜡烛，躲到了一摞空箱子后面。过了几秒钟，他注意到一个铁架子被轻轻地挪动了一下——他靠着的整个一面墙都在挪动。一盏提灯的灯光照了进来，接着露出一只胳膊—— 一个人走了进来。

他弯着腰，好像在寻找什么东西。他用指尖摸了几下灰尘，然后站起身，把一样东西扔到了左手拿着的纸盒里。然后，他擦掉了自己的脚印以及罗平与金发女郎留下的脚印，回到了酒瓶架子旁边。

突然，他叫了一声，倒在地上。福尔摩斯向他冲了过去。接下来就是一分钟的事，也是世界上最简单的事：那个人倒在地上，两只脚被捆住，双手也被捆住了。

英国人朝他俯下身：

“怎么样你才肯开口？……才肯说出你所知道的事？”

那个人用一种充满讥讽的微笑回答了他，这让福尔摩斯明白了自己的这个问题有点儿太离谱儿了，他太轻视手中的俘虏了。

他只好检查了俘虏的口袋，找到了一串钥匙和一个手帕。在那个人用过的纸箱子里面，装着和福尔摩斯捡的那两块石榴石一模一样的石头。收获过于微薄了！

他该怎么处理这个人呢？等着他的朋友们来救他，把他们一起交给警察吗？这对他自己有什么好处呢？能够在与罗平的搏斗中得分吗？能够给他与罗平的搏斗创造有利的条件吗？

他在检查那个纸箱子的时候，发现了人名和地址：莱奥纳德，珠宝商，和平街。

他决定把这个家伙扔在这儿不管了。他把铁架子推回去，把地窖门关上，离开了那座房子。他在一家邮局给德坦日先生发了一封快信，说他因故第二天才能去上班。然后，他去珠宝商那里把石榴石给了他：

“夫人让我把这些石头送来，它们是从她在这里买的一件首饰上掉下来的。”

福尔摩斯来得正巧。珠宝商回答道：

“确实！这位女士给我打过电话。她一会儿就亲自过来。”

福尔摩斯在人行道上等着，直到五点钟才看到一个头上包着厚厚的纱巾、行迹有点儿可疑的女士。透过橱窗，他看到她把一件装饰着石榴石的旧首饰放到了柜台上。

她几乎是立马就走了，朝克里西方向走去——步行去购物。然后，她在英国人不熟悉的街上拐来拐去。到天黑的时候，他仍然跟在她身后。他躲过看门女人的视线，进了一座六层高的楼。这座楼的楼体很宽，且两侧是带拐角的，里面肯定住着数不清的房客。到了三楼，她停下来，走了进去。两分钟以后，英国人用刚才弄到手的那串钥匙小心翼翼地一个一个地试着，终于用第四把钥匙打开了她走进的那扇门的门锁。

透过昏暗的光，他看到了几个空空荡荡的房间，所有房间的门都开着。走廊的尽头，有一盏灯亮着。他踮着脚尖走过去，透过把客厅和卧室隔开的大玻璃看到那位蒙面纱的女士正在脱衣服、摘帽子。她把衣服和帽子放到房间里唯一的一把椅子上，然后穿上了一件丝绒晨衣。

他看见她朝壁炉走去，按了一下电铃。于是，壁炉右边的一半护墙板开始晃动，顺着墙滑动起来，然后慢慢地插进了另外一半护墙板里。

等到护墙板留出的缝隙足够大的时候，那位女士钻了进去……她带着那盏灯消失了。

这个程序很简单，福尔摩斯也照此办理了。

他在黑暗中摸索着往前走，他的脸立刻就碰到了一些软软的东西。他借助火柴的光，发现自己是在一个挂满衣服的小壁橱里。他给自己撩开一条路，在一个门洞前停了下来，门洞上挂着一条门帘。他手里的火柴燃尽了，他看到了从老旧的门帘缝隙中透过来的光。

于是，他朝里面看去。

金发女郎就在那里，在他眼前，他伸手就能碰到。

她打开电灯，熄灭了提灯。福尔摩斯第一次在亮光下看清了她的脸。他被吓了一跳！原来，他费尽周折找到的这个女人不是别人，正是克洛蒂尔德·德坦日。

克洛蒂尔德·德坦日——谋杀多特莱克男爵的凶手、偷盗蓝钻石的窃贼！克洛蒂尔德·德坦日——亚森·罗平的神秘女友！就是那个金发女郎！

“天哪！”他心想，“我就是一头蠢驴！就因为罗平的女友是金发，而克洛蒂尔德是棕发，我就没能够把这两个人联系起来！难道金发女郎在杀害男爵和盗窃钻石以后，还会让自己满头金发吗？”

福尔摩斯仔细观察了一下，发现这是一个颇为讲究的小客厅，墙上挂着浅色壁毯，房间里放满了各种精致、名贵的小摆件。一个桃花心木的软垫长椅横放在台阶上，克洛蒂尔德就坐在上面，双手托腮，默默无语。过了一会儿，他发现她在暗自唏嘘，大颗大颗的泪珠顺着她那白皙的脸颊流了下来，落到她的丝绒衣服上。泪滴源源不断地落下来，仿佛永不枯竭的泉水。以慢慢地、无声地流淌的泪水来表达无奈的绝望，这是世界上最令人悲伤的情景。

这个时候，一扇门开了，亚森·罗平走了进来。

他们互相对视了良久，谁都不说话。然后，他跪到她身边，把头靠在她胸前，用双臂抱住她。在他拥抱那位姑娘的动作中，既有浓浓的温存，又有深深的怜悯。他们俩都一动不动，一种温馨的静谧使他们融合在一起，姑娘的眼泪少了。

“我本来是那么希望能给您带来幸福！”他喃喃地说道。

“我很幸福。”

“不，您在流泪……您的泪水使我很难过，克洛蒂尔德。”

她被他那种温存的声音打动了。她倾听着，心里充满了对未来的憧憬和对幸福的向往。她嫣然一笑，脸上的肌肉放松了——那是一种充满忧伤的微笑！他恳求道：

“不要这么忧伤，克洛蒂尔德。您不该忧伤，您没有权利忧伤。”

她向他伸出她那双白皙、细嫩、柔软的手，严肃地说道：

“只要这双手还是我的，我就会悲伤，马克西姆。”

“为什么？”

“因为它们杀了人。”

他喊道：

“住口！不要再想这件事了……过去的已经过去了，不再有任何意义。”他吻着她那双纤长、白皙的手，而她则微笑着看着他，仿佛每一个吻都会擦去一层那可怕的记忆。

“您应当好好爱我，马克西姆，因为没有任何一个女人会像我这样爱您。为了使您高兴，我做了，并且还会继续做，甚至不是听从您的命令，而是听从您心底里的呼唤。我做了自己所有的本能和全部的觉悟都抵制的事，我无法抵抗，只能去做，因为这样做对您有利，您希望我这样做……我已经准备好了，明天重新开始……而且会永远这样做下去。”

他用苦涩的语气说道：

“啊！克洛蒂尔德，我为什么要让您卷入我的冒险中来呢？我本应该永远做您五年前所爱的那个马克西姆·贝尔蒙，不让您知道……那另外的一个我……”

她用很低的声音说道：

“我的确爱那另外一个你，我一点儿都不后悔。”

“您怀念自己过去的生活——光天化日之下的生活。”

“只要您在我身边，我就无怨无悔。”她充满激情地说道，“只要我的眼睛看到您，对我来说就不存在什么错误，不存在什么罪行。我远离您的时候，会感到不幸，会感到痛苦，会哭，会为自己做的一切感到厌恶，可这有什么了不起呢？您的爱可以消除这一切……我接受这一切……但您必须爱我！爱我！……”

“我不是因为必须爱您才爱您，克洛蒂尔德，而是因为爱才爱您。”

“您能肯定吗？”她充满信任地问道。

“我对自己很信任，正如我信任您一样。只不过，我的生活中充满了动荡，充满了狂热，充满了幻想，我不能把自己想要给您的时间全都贡献给您。”

她立刻惊恐万状。

“怎么了？您又有新的危险了吗？快，快告诉我！”

“哦，到目前为止还不严重。不过……”

“不过？”

“不过，他已经找到我们的踪迹了。”

“福尔摩斯？”

“对，是他让加尼马尔卷入了匈牙利餐厅事件，是他昨天夜里在夏尔格林街布置了两个警察——我有证据。加尼马尔今天早晨搜查了那座房子，福尔摩斯和他在一起，此外……”

“此外？”

“此外，我们少了一个人——让·尼奥。”

“那个门房？”

“对。”

“我今天早晨让他到夏尔格林街去找从我口袋里掉出去

的那几颗石榴石了。”

“毫无疑问，他掉进了福尔摩斯所设的陷阱。”

“根本没有，石榴石已经送到和平街的珠宝商那里了。”

“那他后来怎么样了?”

“噢！马克西姆，我好害怕!”

“没有什么可怕的。不过我承认，形势很严峻。他都知道了些什么？他躲在哪里？他的能力就在于，他善于孤军作战，什么都不能使他暴露。”

“那您打算怎么办呢?”

“加倍小心，克洛蒂尔德。我早就想换换我的住址，把家搬到那个地方——那个不可冒犯的地方。可是，福尔摩斯的介入打乱了事情的进程。当一个像他那样的人发现了一条线索的时候，你就得告诉自己，他迟早会找到线索的源头。所以，我做好了一切准备。后天，也就是星期三，我要搬家了。到中午的时候，家就可以搬完了。下午两点，我就可以清除干净所有我们在那里留下的痕迹，离开那里了。不过，这可不是一件容易事。在这以前……”

“在这以前?”

“咱们不能见面，而且，任何人都不能看见您。不要出门。我对自己没有什么可担心的，但是一牵涉到您，我就对一切都不放心了。”

“那个英国人不可能找到我。”

“跟他打交道，一切都有可能，我随时都保持警惕。昨天我差点儿被您父亲发现，我是到壁橱里去翻找德坦日先生过去的设计记录的。那些记录有危险，处处都有危险。我感到敌人就在暗中游荡，而且离我们越来越近了。我感到他在监视我们……他正在我们周围撒网。这一点我不会弄错，我的直觉从不会有错。”

“既然如此，马克西姆，那你就赶快走吧，不要再去想我的眼泪了。我会坚强起来的，去等待危险的解除。再见，马克西姆!”

她拥抱了他很久，最后是她把他推到外面去的。福尔摩斯听见他们说话的声音越来越远了。

他被同样的一种欲望激励着，被同样一种需要不顾一切地立即行动起来的欲望激励着。这种欲望从前一天起就始终在激励着他，使他果断地进入了门厅。旁边有一个楼梯，他正要走下楼梯，突然从楼下传来了说话声。他决定沿着环形走廊走向另外一个楼梯。他从那里走下楼梯，惊讶地看到，那里在同样的位置摆放着他熟悉的家具，有一扇门半开着。于是，他走进了一个圆形大厅。呀！这里居然就是德坦日先生那间阔气的大书房。

“太好了！真令人赞叹!”他自言自语地说道，“现在我一切都明白了。克洛蒂尔德的小客厅——也就是金发女郎的小客厅——与隔壁楼里的一套房子相通。这座楼的出口不是通向马来伯广场，而是通向邻近的一条街。这条街叫蒙沙尼街，如果我没记错的话……好极了！我现在知道克洛蒂尔德·德坦日是怎么既能去会见自己的情人，又能有从不出门的口碑了。我也知道为什么昨天晚上亚森·罗平会突然出现在德坦日的书房里，出现在我身边了——在书房与隔壁房间之间肯定有另外一条通道……”

于是，他得出结论：

“这又是一座被人做了手脚的房子。毫无疑问，又是建筑师德坦日的杰作！现在，我要利用在这里的机会，弄清那个大壁橱里到底存放着什么东西……同时搞到其他被做了手脚的房子的资料。”

福尔摩斯重新回到回廊，躲在扶手旁的帘子后面。他在那里一直躲到天黑，一个仆人进来关了电灯。又过了一个小时，福尔摩斯打开自己的手电筒，朝壁橱走去。

正如他知道的那样，壁橱里放着建筑师过去的文件、施工说明书和账目。在第二格上，放着按年代顺序摞着的登记簿。

他按顺序拿起最近几年的簿子，仔细阅读概述，特别是字母“H”那一页。最后，他找到了阿尔曼热阿①，后面注明在第六十三页。他立刻翻到第六十三页，读了起来：

“阿尔曼热阿，夏尔格林街四十号。”

接下来是为这位客户在住房里安装供暖设备时记录下来的设计和施工详情。扉页上有一个注：“见文件 M. B. 。”

“啊，我非常清楚，”他自言自语道，“这份资料正是我想要的。通过这份资料，我能知道罗平先生现在的住址。”

直到凌晨，他才在这些登记簿里找到了这份宝贵的资料。这份资料共有十五页，有一页上重复介绍了住在夏尔格林街的阿尔曼热阿先生的情况，另外一页上详细记述了为克拉佩隆街二十五号的房主瓦蒂奈尔先生设计和建筑住宅的情况，还有一页上是亨利·马丁大街一三四号的多特莱克男爵宅邸的设计和建筑资料。另外几页上是德克罗松城堡的建筑设计

---

① “阿尔曼热阿”这个姓法文为“Harmingeat”，开头字母是“H”。——译者注

资料，以及另外十一个不同的巴黎宅邸的资料。

福尔摩斯记下了这十一个姓名和十一个地址，然后把资料放回原处，打开一扇窗户，跳到了空无一人的广场上。当然，他已经细心地把护窗板关好了。

他回到旅馆的房间之后，点燃了烟斗。在缭绕的烟雾里，他开始研究能从这些资料中得出什么结论。确切地说，是能从这些有关马克西姆·贝尔蒙——亚森·罗平——的资料中得出什么结论。

八点钟的时候，他给加尼马尔发了一封快信：

我今天早晨肯定要去佩尔高莱兹街。托付给您一个人，逮捕此人具有无比重要的意义。总之，请您今夜和明天（星期三）中午之前等在家里，身边至少要有五十人左右听从调遣……

然后，他在大街上雇了一辆出租车。司机很讨人喜欢，却不太聪明。他让司机把自己拉到马来伯广场，停在离德坦日公馆五十步远的地方。

“小伙子，关上车门！”他对司机说道，“把你的皮大衣领子竖起来——风很大！耐心地等一会儿！再过一个半小时，你就发动汽车。我一回来，咱们就去佩尔高莱兹街。”

就在走进公馆大门的那一瞬间，他犹豫了一下。此刻，罗平正在准备搬家，而他却跑到这里来监视金发女郎，这是不是一个错误呢？他是不是应该首先根据那些房屋的资料去寻找自己对手的老巢呢？

“管他呢！只要金发女郎成为我的俘虏，我就可以控制局面了。”他心想。

于是，他按了门铃。

德坦日先生已经在他的书房里了。福尔摩斯和他一起工作了一会儿，正想找个借口上楼去克洛蒂尔德的房间。这时，那个姑娘进来了，向父亲问安，然后坐到隔壁的小客厅里，开始写东西。

福尔摩斯从自己所在的位置看到她俯身在桌子上写着什么，不时地停下来，一副思索的样子。他又等了一会儿，然后拿起一本书，对德坦日先生说道：

“这是克洛蒂尔德小姐让我找的那本书。”

他走进小客厅，站到克洛蒂尔德面前，让德坦日先生无法看到自己。他说道：

“我叫斯迪克曼，是德坦日先生的新秘书。”

“啊！”她说道，身体一动没动，“我父亲换秘书了？”

“是的。小姐，我想跟您谈谈。”

“请坐，先生。我马上就写完了。”

她又在信纸上写了几个字，签上名字，套上信封，把纸张推到一边，开始拨电话。拨通之后，她在电话里对女裁缝说，最好快点儿把她的一件旅行时穿的大衣做好，她急需这件大衣。然后，她朝他转过身来：

“现在我听您说，先生。我们的谈话不能在我父亲面前进行吗？”

“不能，小姐，我甚至要请求您不要抬高声音，最好不要让德坦日先生听见我们说话。”

“对谁有好处呢？”

“对您，小姐。”

“我不接受这个条件。”

“您必须接受这个条件。”

他们两个人都站了起来，对视着。

最后，她说道：

“请说吧，先生。”

他依然站着，说道：

“如果我在某些细节上说得不够准确，那么请您原谅。我能保证我谈的事情是真实的。”

“请不要说废话，先生，谈正事吧！”

听到她如此生硬地打断自己，他感到这个年轻女子已经开始警惕了。他接着说道：

“好吧，我就不绕弯子了。五年前，您的父亲遇到了一位叫马克西姆·贝尔蒙的先生。贝尔蒙自称是建筑工程承包人……或者说是建筑师。总之，德坦日先生喜欢上了这个年轻人。鉴于他的健康状况不允许他亲自处理全部业务，他把以前的几位客户的工程全都交给了贝尔蒙先生。他觉得，这些工程的难度与他这位合作者的能力十分匹配。”

夏洛克觉得，这位姑娘的脸色更加苍白了。然而，她却心平气和地说道：

“我不了解您所说的这些事，先生。我尤其不明白这些事为什么会引起我的兴趣。”

“我说这些，小姐，是因为这位马克西姆·贝尔蒙先生的真实姓名——这一点您跟我一样清楚——就是亚森·罗平。”

她笑了起来：

“这不可能！亚森·罗平？马克西姆·贝尔蒙先生是亚

森·罗平？”

“正如我有幸告诉您的那样，小姐，既然我不挑明您就不肯相信我，那我只好补充说，亚森·罗平为了实现他的计划，在您这里找到了一个女友，一个盲目的……无比忠诚的同谋。”

她霍地站了起来，面无表情地说道：

“我不知道您的目的，先生，我也不想知道。因此，我请您不要再多说一个字，立刻离开这里。”福尔摩斯为她能够如此克制自己的情绪而感到大为震惊。

“我从来没有想要留在这里，”福尔摩斯用同样平静的语气说道，“只是我不能一个人离开这座公馆。”

“您会让谁陪您一起走呢？”

“您！”

“我？”

“对，小姐，我们一起离开这座公馆，您必须毫不反抗、一言不发地跟我走。”

简直不可思议！这两个对手竟然如此平静，根本不像是两个意志坚强的人在进行无情的决斗。看他们的态度，听他们的声音，简直就是两个持不同意见的人在进行一场辩论。

透过敞开的窗口，可以看到德坦日先生正在小心翼翼地整理着书籍。

克洛蒂尔德轻轻地耸了耸肩膀，坐了下来。福尔摩斯掏出了怀表。

“现在是十点半。再过五分钟，我们就走。”

“否则呢？”

“否则我就找德坦日先生，告诉他……”

“告诉他什么？”

“事实真相。我要告诉他马克西姆·贝尔蒙的欺诈行径，以及他的同谋的双重生活。”

“他的同谋？”

“对，就是那个被大家称作‘金发女郎’的人，那个满头金发的女士。”

“那么，您能拿出什么证据来呢？”

“我会带他去夏尔格林街，让他看看亚森·罗平利用他委托建筑的工程，让手下人在四十号和四十二号两座房子之间修了一个通道。前天夜里你们两个都利用过这个通道。”

“然后呢？”

“然后我就把德坦日先生带到德迪南律师家里，我们将一起走下送货楼梯——您和亚森·罗平就是从那里下去，从而逃过加尼马尔的追捕的。我们两个人还将一起寻找这座房子与旁边那座房子相连的秘密通道。那座房子的门通向巴蒂尼奥尔街，而不是通向克拉佩隆街。”

“然后呢？”

“然后我就带着德坦日先生去德克罗松城堡，他会很容易发现亚森·罗平派人修的地下通道，因为他知道维修城堡时亚森·罗平都做了哪些工程。他会发现，金发女郎可以在夜里经过这些通道进入伯爵夫人的卧室，从卧室的壁炉上拿走那枚蓝色钻戒。两个星期以后，她又进入布雷申领事的房间，把这枚钻戒放到一个小瓶子里……我承认，这种做法很怪，也许是女人之间的一种小小的报复行为。”

“然后呢？”

“然后，”夏洛克更加严肃地说道，“我就带德坦日先生去亨利·马丁大街一三四号，一起研究一下多特莱克男爵是怎么……”

“住口!”姑娘突然惊恐地说道，“我不许您……您竟敢说是我……您指控我……”

“我指控您杀死了多特莱克男爵。”

“不!不!这是诬陷!”

“您杀害了多特莱克男爵，小姐。您用安托耐特·布雷阿的名字去他家服务，目的是偷走他的蓝钻石，而您却杀了他。”

她心力交瘁、面如土色地乞求道：

“不要说了，先生，我求您了。既然您知道了那么多，那您就应当知道我没有谋杀男爵。”

“我没有说您谋杀了男爵，小姐。多特莱克男爵偶尔会发疯，只有奥古斯特嬷嬷才能控制他。这个细节我是从嬷嬷本人那里知道的。嬷嬷不在时，他可能扑到了您身上。在搏斗中，为了自卫，您还击了。您被自己这个动作吓坏了，于是按了铃。您甚至都没有从被您杀死的人手上取下蓝色钻戒就逃跑了。过了一会儿，您带着罗平的一个同伙——就是隔壁的一个仆人——回来了。你们把男爵抬到床上，把房间整理干净……但始终没敢摘下蓝色钻戒。这就是事情的经过。因此，我再重复一遍，您没有杀害男爵，不过，您毕竟袭击了他。”

她双手交叉，放在额头上，就这样一动不动地待了很长时间。最后，她放开手，露出无比悲伤的面孔，说道：

“这就是您想要对我父亲说的话吗?”

“是的。我还要告诉他，我有热尔布瓦小姐作证，她可以认出金发女郎。奥古斯特嬷嬷可以指认安托耐特·布雷阿。德克罗松伯爵夫人会认出德雷阿尔夫人。这就是我要对他说的话。”

“您不敢！”她恢复了面对即将到来的威胁时的冷静。

他站起身，朝书房走了一步。克洛蒂尔德拦住了他。

“等一下，先生！”

她思索了一下，非常冷静地对他说：

“您是夏洛克·福尔摩斯，对吧？”

“对。”

“您到底想把我怎么样？”

“我与亚森·罗平展开了一场决斗，我必须是赢家。在等待即将到来的结局之时，我认为，控制一个像您这样宝贵的人质会让我拥有非常大的优势。因此，您跟我走，小姐，我会把您托付给我的一个朋友。我一旦达到了目的，您就自由了。”

“就这些吗？”

“就这些。我不是贵国的警察，因此我不认为自己有……审判权。”

她显得很坚决，不过她还是请求再给她一点儿时间。她闭上了眼睛。福尔摩斯看着她。她突然变得那么安静，仿佛对身边的危险无动于衷！

“她到底是不是觉得自己处于危险之中呢？”福尔摩斯心想，“她不这么认为，因为她有亚森·罗平的保护。只要有罗平，任何危险都不能威胁到她。罗平是万能的，罗平战无不胜。”

“小姐，”他说道，“只给你五分钟时间，现在只剩下三分钟了。”

“您能允许我上楼到房间里去拿要带的东西吗？”

“如果您愿意的话，小姐，我到蒙沙南街去等您。我是看门人让·尼奥的好朋友。”

“啊！您知道……”她带着明显的恐惧说道。

“我知道好多事呢！”

“好吧，我按铃吧！”

用人给她送来了帽子和衣服。福尔摩斯对她说道：

“您得给德坦日先生一个充足的理由，说明您为什么要外出好几天。”

“没有这个必要。我很快就会回来的。”

他们再一次用讥讽的目光对视着。

“您可真信任他啊！”福尔摩斯说道。

“盲目信任。”

“他所做的一切都是对的。他想做的一切都能做到。您赞成他所做的一切，并且准备好为他去做一切。”

“因为我爱他。”她因激动而浑身颤抖。

“您认为他会来救您吗？”

她耸了耸肩，走到了父亲身边。

“我要借用一下斯迪克曼先生，让他陪我去一下国家图书馆。”她说。

“你回来吃午饭吗？”她父亲说。

“可能回来，也可能不回来。不过您不要担心……”她说。

然后，她果断地对福尔摩斯说道：

“我跟您走，先生。”

“没有任何想法?”

“我闭着双眼跟您走。”

“如果您试图逃走，那么我会喊人，他们会逮捕您。别忘了，对金发女郎是有通缉令的。”

“我以名誉发誓，我绝不会做任何逃跑的尝试。”

“我相信您。我们走吧!”

正如他所料，他们两个人一起离开了公馆。

在广场上，出租车还停在那里，只是已经掉过头来。可以看到司机的后背和他那几乎被大衣的皮毛领子挡住的帽子。走到车附近的时候，福尔摩斯听到了发动机的响声。他打开车门，请克洛蒂尔德上车，然后坐到了她旁边。

车猛地启动了，驶向奥什街。

福尔摩斯构思着自己的计划：

“加尼马尔在家里等着……我把这个姑娘交给他……要告诉他这个姑娘是谁吗?不，他会把她直接送进拘留所的，这样会打乱我的全部计划。剩下我一个人的时候，我就仔细研究那份清单，然后去搜寻。今天夜里，最迟明天早晨，我就如约去见加尼马尔，把亚森·罗平和他的同伙交给他……”

他兴奋地搓着双手，因为他感到已经胜券在握，不会有任何障碍阻挠他取得胜利了。他满面春风，喜不自胜。他太想发泄一下了，于是一反常态地大声说道：

“如果我显得过分得意的话，那么请您谅解，小姐。这场战斗十分艰难，所以胜利使我感到十分快慰。”

“您的胜利是合理的，先生，您有权感到高兴。”

“谢谢您。可是，我们走的这是什么路啊？司机难道没听清楚吗？”

这时，他们已经从诺伊门出了巴黎。见鬼！可佩尔高莱兹街不在城外啊！

福尔摩斯摇下了车窗玻璃。

“喂，司机，您走错路了……我们是去佩尔高莱兹街！……”

那个人没有反应。他用更大的声音说道：

“我跟您说，是去佩尔高莱兹街！”

那个人根本就不理睬。

“啊！怎么了，我的朋友，您是聋了还是在打什么坏主意……我们到这里来干什么……去佩尔高莱兹街……我命令您拐回去，快！”

依然是沉默。英国人开始不安了。他看了看克洛蒂尔德——姑娘的嘴角浮现出一种难以形容的微笑。

“您笑什么？”他低声抱怨道，“这个差错跟整个事情没有任何关系……不会有丝毫的影响……”

“绝对不会有一点儿影响。”她说道。

突然，一个想法使他如坐针毡。他站起身，更自信地看着那个坐在驾驶座上的人。此人双肩显得很平滑，动作很放松……他双手紧攥，身上冒出冷汗，脑海中闪现出一个可怕的想法：这个人是亚森·罗平。

“喂，福尔摩斯先生，您对这次小小的旅行有何感想？”

“非常美妙，先生，真的非常美妙。”福尔摩斯故作轻松地说道。

或许，他这辈子还从来没有这么克制过自己，让自己毫不颤抖地说出这几句话来，一点儿都没有暴露出愤怒的心情。但是刹那间，在一种可怕的反应的驱使下，一股愤怒和仇恨的浪潮冲破了堤岸，卷走了他的克制力——他猛地掏出手枪，把枪口对准德坦日小姐。

“马上停车，罗平！不然我就向小姐开枪！”

“我建议您瞄准她的脸！如果您想打她的太阳穴的话……”罗平头也不回地答道。

克洛蒂尔德说道：

“马克西姆，别开得太快——路很滑，我胆儿小！”

她始终笑容可掬，眼睛盯着前边路面上的铺路石。

“让他停车！让他停车！”福尔摩斯对她说道，他已经是横眉立目、七窍生烟了，“您看到了，我现在是什么事都做得出来的！”

枪管碰到了克洛蒂尔德的鬈发。

她轻轻地说道：

“马克西姆太不当心了！再这么开下去，肯定要翻车的。”

福尔摩斯把手枪放进衣袋，抓住车门把手，准备跳车——他已经顾不上思考这一举动是否荒谬了。

克洛蒂尔德对他说道：

“小心，先生，我们后面还有一辆车！”

他回头朝外面看了看，果然有一辆车跟在他们后面——一辆很大的车，样子很可怕。车是血红色的，四个野兽般的男人驾驶着那辆车。

“行了，”他心想，“倒是我被他们看紧了！耐心点儿吧！”

他双手交叉在胸前，就像命运捉弄自己的时候那样，向命运低头，矜持地等待着。这时候，他们的车穿过塞纳河，过了苏莱斯纳、鲁埃伊、沙图。他一动不动，无可奈何地克制着自己心中的怒火，没有多少苦涩，只是在苦苦地思索。亚森·罗平是怎样诡异地取代了司机的？莫非他早晨在大街上雇的那个憨厚的小伙子就是罗平事先安排在那儿的一个同伙？他不认为有这种可能性。可是，亚森·罗平肯定是知道了这件事，而且不可能是在他福尔摩斯威胁了克洛蒂尔德以后知道的，因为在这之前没有人会怀疑到他的计划，而这以后，克洛蒂尔德和他就没有分开过。

一件事情提醒了他：克洛蒂尔德给女裁缝打过电话。他恍然大悟。没等他说话，只听说他是德坦日先生的新秘书，她就预感到了危险，猜到了来者是什么人以及他的目的。于是，她非常冷静地谎称给裁缝打电话，用暗语呼唤罗平救她。

亚森·罗平是怎么来的？这辆停在那里的、发动机隆隆作响的汽车是怎么引起他的怀疑的？他是怎么买通那个司机的？这一切都不重要。福尔摩斯着迷得忘掉了愤怒的事情，是因为他回想起了那一时刻：一个普通的恋爱中的女人，竟能控制住自己的情绪，克制住自己的本能，让自己的脸上没有任何表情，让自己的眼神显得无奈，从而蒙骗了他福尔摩斯。

对付这样一个身边有一群忠心耿耿的喽啰，使一个女人变得如此勇敢、如此坚强的人，福尔摩斯又能如何呢？

他们过了塞纳河大桥，沿着圣日耳曼市的河边往上开，行驶了五百多米远以后放慢了速度。后面来的一辆车开到它旁边，两辆车都停了下来。周围没有人。

“福尔摩斯先生，”罗平说道，“请您换一辆车，我们这辆车速度太慢了！……”

“怎么……”福尔摩斯大声说道，因为没有选择的余地而更加急迫。

“请允许我把这件皮大衣借给您，因为我们的车会开得很快。还请您接受这两个三明治……不，不，请笑纳，谁知道我们什么时候才能吃上晚饭呢！”

那四个人下了车。其中一个人走了过来，摘下了差不多遮住他半张脸的眼镜。福尔摩斯认出，他就是匈牙利餐厅里那个穿礼服的人。罗平对他说道：

“请您把这辆出租车开回去，还给那个司机——我向他租了这辆车。他在雷让德尔街右侧第一家小酒馆等着呢，请您交给他剩下的一千法郎。啊！我差点儿忘了，请您把您的眼镜给福尔摩斯先生。”

他和德坦日小姐说了几句话，然后坐到方向盘前，出发了。福尔摩斯坐在他旁边，身后坐着一个喽啰。

罗平说，他们会把车开得很快，这话没有说错，从一开始车速就快得让人眩晕。就像被一种神秘的力量吸引着似的，地平线向他们飞奔而来，并且很快就消失了，仿佛被一个深渊给吞噬了。紧接着，树木、房屋、平原、森林也都急匆匆地冲进了深渊，就像激流坠入谷底一般。

福尔摩斯和罗平一句话都没说。在他们头上，一棵棵排列整齐的杨树的树叶发出非常规律的哗哗声，一座座城市消失了……从一座山丘到另一座山丘，从彭斯库尔到康特朗，再到鲁昂，还有那连绵几公里的码头。整个鲁昂就像小镇上的一条街。接下去，他们感到了因飞速行驶而掀起的风浪。再下去就到了里尔伯纳和吉尔波夫。于是，他们突然来到了塞纳河畔。在一个小码头上，停着一艘并不华丽但十分坚固的游艇，游艇的烟囱冒着黑烟。

汽车停了下来。在两个小时里，他们跑了四十多里①路。

一个身穿水手服、头戴金色条纹军官帽的人走过来向他们敬了个礼。

"好极了，船长!"罗平大声说道，"您收到电报了吗?"

"收到了。"

"'小燕子号'准备好了吗?"

"'小燕子号'整装待发。"

"既然如此，福尔摩斯先生……"

英国人向四周看了一下，看到一群人坐在一家咖啡馆的露天座位上，另外一群人离得更近，于是他犹豫了一下。然后，他明白了，不等警方采取措施，他们就会把他抓住，押到船上，关到船底运走。所以，他只能老老实实地跟着罗平穿过甲板，来到船长的船舱。

船舱很宽敞，很整洁。护墙板和各种铜器闪闪发光，使舱里显得非常明亮。

罗平关上舱门，直截了当地，甚至有些粗暴地对福尔摩斯说道：

"您到底知道些什么?"

---

① 法国古里，一里约合四公里。——译者注

“知道一切。”

“一切？说具体点儿。”

他的语气里已经没有他对英国人惯用的那种略带讥讽的礼貌了，完全是一种发号施令、让所有人都听从他调遣的腔调，哪怕是对夏洛克·福尔摩斯。

他们互相打量着。现在他们已经成了敌人，势不两立。罗平略带激愤地接着说道：

“您多次挡了我的路，先生。我不想为戳穿您的阴谋而费时、费力了，所以我要警告您，我下面的行动取决于您的回答。您到底知道些什么？”

“一切，先生，我再重复一次。”

亚森·罗平克制着自己，用申斥的语气说道：

“让我来说说您都知道些什么。您知道，我以马克西姆·贝尔蒙的名字改建了十五座德坦日先生设计修建的房屋。”

“对。”

“在这十五座房屋中，您找到了四座。”

“对。”

“您从德坦日先生家里拿到了这些房子的档案清单，大概是昨天夜里拿到的。”

“对。”

“您认为在这四座房屋中，我肯定留下了一座自己用，所以您就把找到我藏身之处的任务交给了加尼马尔。”

“错。”

“这就是说……”

“这就是说，我是单独行动的。”

“那我就没有什么可担心的了，因为您已经落到我手里了。”

“您没有什么可担心的，只要我还在您手里。”

“也就是说，您不会老让我抓在手里?”

“是的。”

亚森·罗平朝英国人身边靠了靠，轻轻地把手放在他肩上：

“请听我说，先生。我现在没有心情和您争论，而您的处境很危险，根本无法击败我。因此，让我们结束这场争斗吧!”

“结束这场争斗吧!”

“您要向我保证，在抵达英国海域之前，绝对不逃出这艘船。”

“我向您保证，我会千方百计地逃出这艘船。”福尔摩斯倔强地回答。

“可是，见鬼，您明明知道，只要我一句话就可以让您动弹不得。这些人都对我百依百顺，我只要说一个字，他们就会用铁链拴住您的脖子……”

“铁链会断开。”

“然后把您抛到离海岸十海里远的海水里。”

“我会游泳。”

“回答得真好啊!”罗平笑着大声说道，“上帝饶恕我，刚才我发火了。请原谅我，主啊……让我们总结一下。您是否允许我为自己的安全和我朋友们的安全而采取必要的措施呢?”

“您可以采取任何措施。不过，一切都是枉费心机。”

“好吧。只是，您不反对我采取这些措施吧？”

“那是您的事。”

“那我就这么干了。”

罗平打开舱门，叫来船长和两名水手。水手抓住英国人，对他进行搜身以后，捆住他的双腿，把他绑在船长的床上。

“够了！”罗平说道，“其实，先生，是您的固执，还有情况的特殊性，迫使我……”

水手走了出去。罗平对船长说道：

“船长，留一名船员在这里听从福尔摩斯先生的吩咐！您要尽量陪伴在他身边！大家都要尊重他，非常尊重他——他不是俘虏，而是客人。您的表几点了，船长？”

“两点五分。”

罗平看了看自己的表，又看了看挂在船舱里的钟。

“两点五分？……好吧。到南安普敦需要多长时间？”

“慢慢地行驶，九个小时就可以了。”

“你们用十一个小时吧。在那艘午夜离开南安普敦、明晨八点抵达勒阿佛尔港的客轮起航之前，你们不能靠岸。您听明白了吗，船长？我再说一遍：这位先生如果乘坐这艘客轮返回法国，将对我们大家构成极大的威胁，所以你们一定不能在凌晨一点之前抵达南安普敦。”

“明白了。”

“我向您致敬，大师！明天见——在这个世界，或者在另一个世界。”

“明天见。”

几分钟后，福尔摩斯听到了汽车远去的声音。很快，从“小燕子号”的深处传来了蒸汽机的响声——船启动了。

快到三点钟的时候，他们的船穿过了塞纳河河湾，驶进了大海。这时候，被捆绑在卧铺上的福尔摩斯睡得正香。

第二天——这场决斗的第十天——也就是最后一天，《法兰西回声报》上刊登了这样一篇短文：

昨天，亚森·罗平对英国侦探夏洛克·福尔摩斯下了驱逐令。命令是中午发出的，当天便得到了执行。今日凌晨一点，福尔摩斯已在南安普敦上岸。

六、 亚森·罗平第二次被捕

从八点钟开始，十二辆搬家车就挤满了布洛涅森林大街与布若街之间的克罗沃街。费利克斯·大卫先生要从他住的八号楼五层搬走。家具鉴定估价人杜布勒伊先生——他把这座楼的整个六层以及相邻的两座楼的六层合成了一套房子——也在同一天搬走他收藏的家具。每天都有很多外国客户来拜访他，来欣赏这些家具。不过，这两件事碰到一起纯属偶然，因为这两位先生彼此根本就不认识。

有一个细节被小区里的人注意到了，不过事情发生之后才有人谈起：十二辆车里没有一辆车上有搬家公司的名字与地址，而车上的那些人里，也没有一个人对周围的琐事看上一眼。他们干得非常快，到十一点钟的时候，搬家工作已经全部结束了，只有一些碎纸和破抹布之类的东西被扔在空荡荡的屋子的旮旯里。

费利克斯·大卫先生是个风度翩翩的年轻人，衣着考究，手里总是拿着一根沉甸甸的健身手杖，其重量表明它的主人手臂强健有力。费利克斯·大卫先生慢腾腾地走了，在一条斜穿森林的小径边上的长椅上坐了下来。在他身边坐着一个小市民打扮的妇女，正在读报。一个孩子在用他的小铲子堆沙子玩儿。

过了一会儿，费利克斯·大卫对旁边的女士说道：

“加尼马尔呢？”

“上午九点钟就走了。”

“去哪里了？”

“去警察局了。”

“一个人去的？”

“一个人。”

“昨天夜里没有电报吗？”

“一封也没有。”

“他的家人始终很信任您吗？”

“始终很信任。我常帮加尼马尔夫人的忙，她把她丈夫所有的事都告诉了我……今天一上午我们都是在一起度过的。”

“很好。在有新情况之前，请每天十一点继续来这里。”

他站起身，朝多芬娜门走去，进了一家中国餐馆，吃了一顿便饭：两个鸡蛋，一些蔬菜、水果。然后，他回到克罗沃街，对看门女人说道：

“我上去看一眼，然后就把钥匙还给您。”

他检查了那个原来做办公室用的房间。在那里，他抓住了一根煤气管道的头。这根管子是弯的，吊在壁炉上。他拔出管子口上的铜塞子，安上一个喇叭形的东西，朝里面吹了一下。

传来一阵轻轻的口哨声。他把管子放到嘴边，轻轻地说道：

“没有人吗，杜布勒伊？”

“没有人。”

“我能上去吗？”

“您可以上来。”

他把管子放回原处，心想：

“社会进步真快！出现了各种各样的小发明，使我们的生活变得很快乐，很惬意，还这么好玩儿！……特别是对一个像我这样会玩儿的人。”

他转动了一下壁炉上一个大理石装饰的线脚，大理石墙板就动了。贴在大理石墙板上的一面镜子顺着一个无形的槽滑动，露出一个洞口。从洞口里露出一道阶梯。阶梯就修在壁炉上，是用光滑的铸铁做的，上面铺着白瓷砖。他沿着阶梯走了上去，到了六层，发现壁炉上有一个同样的出口。杜布勒伊先生等在那里。

“您那边都结束了吗？”

“都结束了。”

“东西都搬干净了？”

“全部搬完了。”

“人呢？”

“只剩下三个看守。”

“那我们走吧！”

他们一前一后，顺着原路上到用人住的楼层，然后上到阁楼。阁楼里有三个人，其中一个人从窗户向外张望着。

“有什么新情况吗?”

“没有，老板。”

“街上很安静吗?”

“绝对安静。”

“再过十分钟，我就彻底离开了，你们也一样。在这以前，只要街上出现可疑的情况，就立刻向我发出警报!”

“我的手指始终放在电铃上，老板。”

“杜布勒伊，您嘱咐搬家工，让他不要碰这个电铃的电线了吗?”

“当然嘱咐了——电铃很灵。”

“那我就放心了。”

两位先生又按照原路下楼，来到费利克斯·大卫的房间。大卫把大理石墙板复原之后，高兴地说道：

“杜布勒伊，我很想看到那些人的惊讶表情——发现这些令人赞叹的巧妙设施以后的惊讶表情。报警电铃、电线网、音响管道网、无形的通道、能滑动的地板条、隐蔽的楼梯……简直就像在童话故事里一样!”

“他们将为亚森·罗平喝彩!”

“喝彩就不必了。离开这些巧妙的设施实在令人遗憾。一切都要从头开始了，杜布勒伊……而且要按照一种新的模式。这是当然的，因为我们永远都不会重复过去。该死的福尔摩斯!”

“他始终没有回来?”

“他怎么回来?从南安普敦回法国，每天只有一艘客轮，就是半夜起航的那艘。从勒阿弗尔港来巴黎，每天只有一趟火车，就是早晨八点钟出发、上午十一点十一分到达的那趟车。只要他没登上午夜起航的客轮……而他确实没有登上客轮，因为我给船长下达的命令是非常明确的。那么，他就只能在今天晚上来到法国，途经纽黑文①、迪耶普②。”

“如果他回来呢?”

“福尔摩斯从来不会半途而废。他肯定会回来，不过太晚了，到时候我们已经远走高飞了。”

“那德坦日小姐呢?”

“再过一个小时，我就会见到她。”

“去她家?”

“哦，不，她要再过几天才能回家，在这段动荡的日子结束以后……等我不必再为她的安全操心的时候。只是，杜布勒伊，您必须抓紧。我们那些东西装船是需要很长时间的，您必须在码头上监工。”

“您能肯定我们不会受到监视吗?”

“受到谁的监视?我只怕福尔摩斯一个人。”

杜布勒伊走了。费利克斯·大卫检查了最后一遍，拾起两三封被撕碎的信。然后，他捡起一个粉笔头，在餐厅的一张深色纸上画了一个很大的方框，写道：

二十世纪初，侠盗亚森·罗平在此住过五年。

这个小小的玩笑好像让他特别的开心。他哼了一支轻松的曲子，然后大声说道：

---

① 美国古城，东部重要海港。——译者注

② 法国北部城市。——译者注

“现在我也算是对未来的历史学家有个交代了，我们走吧！您可要抓紧，夏洛克·福尔摩斯大师！再过三分钟，我就要离开我的老窝，而您就彻底失败了……还有两分钟！您真让我等得着急，大师！……就剩一分钟了！您还不来？那我就宣布您的失败和我的胜利了。然后，我就要走了。别了，亚森·罗平！我再也不会见到你了。别了，我曾主宰过的五套房屋里的五十五个房间！别了，我的卧室——朴实无华的卧室！”

一阵铃声骤然打断了他的抒情。一阵急速的、刺耳的铃声响了起来，中间停了两次，接着又响了两次，然后就不再响了。这是警铃。

出什么事了？是加尼马尔来了吗？不是……他准备回自己的办公室，然后从那里逃走。他先走到窗前，发现街上一个人也没有。难道敌人已经来到房子里了？他仔细听了一下，好像听见了嘈杂声。他不再犹豫，直奔自己的办公室。他正要进门，突然听见有人在用钥匙开前厅的门。

“见鬼！”他自言自语道，“我跑的正是时候，这座房子很可能已经被包围了……货梯已经不能走了，幸亏有壁炉里的暗梯……”

他急忙去推动那个线脚—— 一动不动。他加大力气——还是一动不动。

与此同时，他听见那边的门开了，还有脚步声。

“见鬼！”他骂道，“要是这个该死的机关不灵了，那我就完了……”

他的手指在线脚周围使劲儿摸索着。然后，他用尽全身的力气按下去——还是一动不动！纹丝不动！由于一种令人匪夷所思的厄运，由于一种非常可怕的厄运，刚才还运转正常的机关，现在却不灵了！

他拼命地按动着，敲打着，大理石墙面还是僵在那里一动不动。该死！难道就让这种愚蠢的意外拦住他的去路吗？他愤怒地用拳头砸着大理石墙板，嘴里还骂着。

“喂，怎么了，罗平先生？有什么事情不像您想的那么顺利吗？”

罗平转过身，吓得浑身发抖——站在他面前的正是福尔摩斯！

夏洛克·福尔摩斯！他眨着眼睛看着他，仿佛被一种可怕的景象给吓坏了。夏洛克·福尔摩斯在巴黎！前一天被他像个包裹似的押送回英国的夏洛克·福尔摩斯，此刻竟然自由地，以胜利者的姿态站在他面前！啊！除非太阳从西边出来，让所有不合逻辑和不正常的事物变得符合逻辑和正常，否则，怎么会发生这种不可思议的事呢？怎么会发生这种违背亚森·罗平意志的咄咄怪事呢？夏洛克·福尔摩斯居然站在他面前！

英国人开始用惯常对他使用的那种充满蔑视的礼貌口吻说道：

“罗平先生，我告诉您，从现在起，我再也不去想您让我在多特莱克男爵的公馆里度过的那一夜了，不去想我的朋友华生的不幸遭遇了，不去想我被您用汽车绑架的事了，不去想我刚刚经历过的旅行了，不去想在您的命令下被人捆在游轮船舱的那种很不舒服的床铺上了。在这一分钟里，把一切都抹去了。我什么都不记得了。我彻底得到了补偿。”

罗平沉默着。英国人接着说道：

“这也是您的看法吧?”

他盯着罗平，仿佛在坚持让他回答问题似的，好让他对昔日的事情进行了断。

思索了一阵之后——在这段时间里，英国人感到对方的目光穿透了他，直到灵魂深处——罗平说道：

“我想，先生，您目前的行动，大概是建立在非常可靠的情报的基础之上吧!”

“极为可靠。”

“您从我的船长和水手手里逃脱，这只是我们之间这场斗争的次要部分。而您只身一人出现在亚森·罗平面前，这让我相信，您的反击既彻底又可行。”

“既彻底又可行。”

“这座房子……”

“已经被包围了。”

“两座与此相邻的房子……”

“也已经被包围了。”

“楼上的套房呢?”

“杜布勒伊先生在六层的三套住房都已经被包围了。”

“因此……”

“因此，您已经成了网中之鱼、瓮中之鳖了！罗平先生，您无可挽回地被包围在这里了。”

罗平此时此刻正在感受着福尔摩斯当初被他绑架在汽车里的感受：同样的愤怒，同样的仇恨……但是，说到底，在强势面前也是同样的蛟龙失水、虎落平阳。两个人同样强大，同样遭遇失败，却把失败当成一种暂时的灾难来忍受。

“我们扯平了，先生。”他明确地说道。

英国人好像对他的认输感到很欣慰。他们都沉默着。然后，罗平莞尔一笑，说道：

“我一点儿都不生气！每战必胜让人感到乏味。以往是我一伸手就可以刺到您的胸口，而这一次，功亏一篑，是我输了。得分了，大师！”

他开心地笑了。

“我们终于可以好好地开心一下了。罗平这只老虎碰到了老鼠夹子，怎么脱身呢？……这可是千载难逢的奇遇啊！……啊！大师，我得好好感激您。唉，这就是生活！”

他用拳头敲打着自己的太阳穴，像要压制住心中那难以克制的快乐似的。与此同时，他禁不住做了些只有得意忘形的孩子才会做的动作。

最后，他走到英国人身边：

“您还在等什么呢？”

“我等什么？”

“是啊，加尼马尔已经带着手下人来了。他为什么还不进来呢？”

“我请他不要进来。”

“他同意了？”

“我接受他邀请的条件就是他要听我指挥，而且他以为费利克斯·大卫先生只是罗平的一个喽啰而已！”

“那么，我用另外一种方式提出我的问题——您为什么一个人进来？”

“因为我想先跟您谈谈。”

“啊！啊！您有话要对我说。”

这个想法好像使罗平很高兴。在有些情况下，人们会更希望用语言，而不是用行动……

“福尔摩斯先生，我很抱歉，没有沙发可以请您坐。请您坐这只坏了一半的破箱子，好吗？要不，坐在这个窗台上？我知道，要是能有一杯啤酒就好了。黑啤还是黄啤？……不过，您还是请坐吧……”

“不必了。我们谈谈吧！”

“我洗耳恭听。”

“长话短说。我这次来法国的目的不是逮捕您。我之所以追踪您，是因为没有任何其他办法可以让我达到我真正想达到的目的。”

“您的真正目的是……”

“找到蓝钻石！”

“蓝钻石？”

“对，因为在布雷申领事的牙粉瓶里找到的那枚钻戒不是真的。”

“确实！真钻戒被金发女郎送走了。我让人复制了一枚一模一样的。我对伯爵夫人的其他首饰也感兴趣，而布雷申领事已经受到了怀疑，那位金发女郎为了不让自己也受到怀疑，就把假钻戒放进那位领事的行李里了。”

“而您呢？您手里留着那枚真的？”

“当然。”

“这枚钻戒，我必须拿到手。”

“不可能！十分抱歉。”

“我向德克罗松伯爵夫人承诺过，我必须拿到它。”

“可它在我的手里，您怎么能拿到它呢？”

“正因为它在您的手里，我才一定要拿到它。”

“您是想让我把它交给您?”

“对。”

“自愿交给您?”

“我要把它买过来。”

罗平变得特别开心，简直要抓耳挠腮了。

“您真是个英国人，把这件事当成了一桩买卖。”

“这就是一单生意。”

“那您用什么来跟我交换呢?”

“用德坦日小姐的自由。”

“她的自由？可是我不知道她已经被捕了。”

“我会把必要的信息告诉加尼马尔的。没有您的保护，她就会被捕，和您一样。”

罗平又哈哈大笑起来。

“亲爱的先生，您许诺的是您手里根本就没有的东西。德坦日小姐很安全，她什么都不用怕。我需要的是别的东西。”

英国人迟疑了一下，两颊有点儿发红，明显地流露出有些尴尬。然后，他忽然把手放到对手的肩上，说道：

“如果我建议您……”

“给我自由……”

“不是……不过，我可以走出这个房间，去和加尼马尔商量。”

“让我在这里考虑?”

“对。”

“哦！我的上帝，这对我有什么用……这个该死的机关不灵了！”罗平一边说，一边恼火地用力敲打壁炉上那个线脚。

他忍住了一声惊讶的叫喊！这一回，由于事物本身的不可思议，他不敢期盼的运气来了——那个机关竟然又动了！

他得救了——逃跑成为了可能。在这种情况下，还有什么必要再屈从于福尔摩斯提出的条件呢？

他朝左边走了几步，又朝右边走了几步，就好像在思索答案。然后，他把手放到了英国人肩上。

“我权衡了利弊，福尔摩斯先生，我还是觉得应当自己解决问题。”

“可是……”

“不，我不需要任何人的帮助。”

“等到加尼马尔抓住您，一切就都晚了。他们不会放过您的。”

“谁知道呢！”

“您好好想想！这是疯狂的举动——所有的出口都有人把守。”

“还有一个出口。”

“哪一个？”

“就是我将要选择的那一个。”

“吹牛！您可以被视为已经被捕了。”

“还没有被捕。”

“那么……”

“那么，我将保留着蓝钻石。”

福尔摩斯掏出了表：

“现在是差十分三点。到了三点钟，我就要喊加尼马尔了。”

“这么说，我们还有十分钟可以聊天儿。那就好好利用这点儿时间吧！福尔摩斯先生，为了满足那让我心里发痒的好奇心，请告诉我，您是怎么弄到我的地址，并且知道我用的是‘费利克斯·大卫’这个名字的呢？”

福尔摩斯一边观察着那个莫名其妙地恢复了好心情的罗平，一边还是心甘情愿地做了解释，因为这牵涉到他的自尊心。他说道：

“您的地址，我是通过金发女郎知道的。”

“克洛蒂尔德？”

“正是她本人。请回忆一下……昨天早晨……我想用汽车把她带走，她给她的裁缝打了个电话。”

“有这么回事。”

“我后来明白了，那个所谓的女裁缝就是您。昨天夜里，在船上，我竭力地回忆，终于把您电话号码的最后两位数字想起来了……是‘七三’。由于我已经掌握了那些被您做了手脚的房屋的档案清单，一切对我来说就都轻而易举了。我今天上午十一点钟一回到巴黎，就开始寻找，并且在电话簿上找到了费利克斯·大卫先生的地址。一得到姓名和地址，我就要求加尼马尔给予协助。”

“无与伦比，实在钦佩！我只能向您低头致敬。不过，我还有点儿不明白，您是怎么逃出‘小燕子号’，坐上去勒阿弗尔的火车的？”

“我没有逃跑。”

“可是……”

“您命令船长一定要在凌晨一点抵达南安普敦，可他们让我在午夜就下了船，于是我就坐上了开往勒阿弗尔的客轮。”

“船长背叛了我！这是绝对不能容忍的。”

“他没有背叛您。”

“那么……”

“是他的表。”

“他的表?”

“对，他的表被我拨快了一个小时。”

“怎么拨的?”

“就像平常拨表那样转动旋钮。他坐在我身边，我给他讲他感兴趣的故事……天哪，他竟然毫无察觉。”

“好极了！好极了！这一招很不错嘛，我记住了。可是，挂钟呢？挂钟是挂在船舱墙板上的啊!”

“啊！挂钟嘛，这就有点儿难了，因为我的双腿是被捆住的。不过，船长不在时，看守我的水手很愿意帮我拨动指针。”

“他？说说看，他同意了？……”

“哦！他不知道我这个意图的重要性。我告诉他，我必须不惜一切代价乘坐去伦敦的第一趟火车，于是……他就干了……”

“条件是……”

“条件是一件小礼物……而且这个优秀的人还准备把它交给您。”

“什么礼物?”

“几乎一文不值。”

“到底是什么?”

“蓝钻石。”

“蓝钻石？”

“对，那颗假的，就是您给伯爵夫人换掉的那一颗，她把它交给了我……”

接踵而来的是一阵哈哈大笑，突然爆发，无法克制。罗平用手擦着眼泪。

“天哪，太逗了，这可真是太逗了！我的假钻石又到了水手手里！还有船长的表，以及挂钟的指针！……”

福尔摩斯从来没有经历过像他与罗平之间的这种激烈的斗争，不过他凭着神奇的直觉猜到，在这过分夸张的笑声背后，罗平正在高度集中精力，调动他所有的官能。

慢慢地，罗平在向他靠近。英国人向后退着，悄悄地把手指伸进了腋下的口袋里。

“三点了，罗平先生。”

“已经三点了？太遗憾了！……我们谈得多开心啊！……”

“我在等您回答呢！”

“我的回答？天哪！您太苛刻了。那么，现在该收场了。赌注是：我的自由！”

“或者蓝钻石。”

“好吧……咱们先赌自由。您会怎么做？……”

“我出大王——”福尔摩斯说道，“我开枪。”

“我出拳头——”罗平反击道，同时朝福尔摩斯打出一拳。

福尔摩斯朝天开了一枪，呼唤加尼马尔——他的介入在福尔摩斯看来是非常重要的。可是，罗平的拳头径直朝福尔摩斯的胃部袭来。福尔摩斯顿时脸色煞白，身子开始摇晃。罗平一下子跳到壁炉前，发现大理石墙板已经开始滑动了……然而，他还是迟了——门开了。

“投降吧，罗平，否则……”

加尼马尔刚才守候的地方肯定比罗平估计的要近——加尼马尔已经站在那里了，手里的枪直指罗平。在加尼马尔身后站着二十个警察，个个都昂首挺胸、横眉立目。他稍有反抗，他们就会像弄死一条狗似的把他弄死。

于是，他很镇定地做了一个动作。

“都把手放下，我投降!”

而他则双手交叉，放在胸前。

接下来是一阵惊人的沉默。在这个没有了家具，没有了窗帘的房间里，回响着亚森·罗平所说的“我投降”这句令人难以置信的话！本来，人们期待着他会突然跃过一个活动板门或者从他前边的一面倒塌的墙的缝系中突然消失得无影无踪——再一次从来抓捕他的人面前消失得无影无踪——然而，他却投降了!

加尼马尔朝前走了几步。他心潮澎湃，百感交集，慢慢地向对手伸出手，怀着无尽的感动之情说道：

“我逮捕您，罗平。”

“天哪，”罗平颤抖着说道，“我的好加尼马尔，您怎么会是这么一副哭丧脸啊！简直就像在一个朋友的墓前致悼词嘛!”

“我逮捕您。”

“是这件事让您心潮澎湃、激动不已吗？加尼马尔警长——最理想的执法人——以法律的名义逮捕坏蛋罗平。在这具有历史意义的一刻，您领会了它的全部含义……祝贺您，加尼马尔，您要高升了！”

说完，他把手腕伸向那副钢手铐……

整个过程显得十分庄严。那些警察平时如狼似虎、穷凶极恶，今天与亚森·罗平狭路相逢，更是仇人相见，分外眼红。但是他们此刻却以一种颇为惊人的慢条斯理的动作给这位不可触犯的人戴上了手铐。

“可怜的罗平，”他叹着气说道，“你的那些住在这个高贵的社区的朋友们看到你受到如此的屈辱，会怎么说呢?”

他绷紧肌肉，慢慢地用力挣开双腕，前额上的血管鼓了起来，手铐上的链条嵌进了他的肉里。

“加油!”他说道。

铁链断了，掉在了地上。

“再换一副，伙计，这副根本就没用!”

他们给他戴上了两副手铐。他表示称赞：

“好了，这回你们就用不着太小心了!”

然后，他数了数警察的人数：

“你们一共多少人，我的朋友?三十?不少……我没辙了。啊，要是只有十五个该有多好啊!”

他可真有风度，简直就是一个以本能与激情、松弛与夸张扮演自己角色的大演员。福尔摩斯看着他，就像在看一场精彩的演出——一场能让你欣赏到全部的美和各种细微的变化的演出。他确实有一种奇怪的感觉，这场力量悬殊的战斗竟然打成了平局：一边有三十个警察，并且得到了可怕的司法机器的支持；而另一边则是孤零零的一个人，没有武器，还戴着手铐。

“喂，大师，”罗平对他说道，“这就是您的成果。由于您，罗平将在牢房里潮湿的草垫子上慢慢地死去。您得承认，您的心情绝对不会平静。您很后悔，是不是?”

英国人不由自主地耸了耸肩，意思是说“这完全取决于您”。

“绝不！绝不!”罗平喊道，“把蓝钻石还给您？啊！不！我已经为它付出太大的代价了，我要留着它。等我第一次去伦敦拜访您的时候，很可能是下个月，我会告诉您我的理由……不过，您下个月会在伦敦吗？您更希望在维也纳还是在圣彼得堡呢?”

他被吓了一跳——突然响起了铃声。那不是警铃声，而是电话铃声。电话线一直通到他的办公室，在两个窗户之间。电话机没有被撤掉。

电话！啊！谁会掉进这个不经意间设下的陷阱呢！亚森·罗平愤怒地朝电话机移动了一下，仿佛要把它砸得粉碎，从而打断那个想和他通话的人的神秘声音似的。然而，加尼马尔已经拿起话筒，俯下了身：

“喂……喂……六四八七三……对，是这里。”

福尔摩斯赶紧把他推开，抓起电话，用自己的手帕包住话筒，好让自己的声音变得模糊不清。

这时，他朝罗平看去。他们俩对视了一下，脑海里闪过了同样的念头，预见到了这种可能的、可靠的、几乎可以肯定的结果：打电话的是金发女郎。她以为接电话的人是费利克斯·大卫，或者更确切地说，是马克西姆·贝尔蒙。然而，听她吐露心声的却是他的对头——福尔摩斯！

英国人大声说道：

“喂……喂……”

一阵沉默。福尔摩斯又说：

“是的，是我，马克西姆。”

顿时，一场戏开始了，带有明显的悲剧色彩。罗平这个桀骜不驯、笑傲江湖的人，此刻竟然不去掩饰自己的惶惶不安，脸色因担忧而变得苍白。他竭力想听清话筒里的声音，听到的却是福尔摩斯继续与那个神秘人物的对话。

“喂……喂……对，一切都结束了，我正要按照我们约定的，去您那里……在哪里？……就在您那里。您不认为是在那里吗？……”

他犹豫着，掂量着自己的用词。很明显，他在竭力询问那个姑娘，自己则尽量少说话，因为他根本不知道那个姑娘此刻究竟在哪里。此外，加尼马尔的在场似乎也让他很不自在……啊！要是能出现奇迹，能打断这场魔鬼般的对话该有多好啊！于是，罗平竭尽全力绷紧神经，呼唤奇迹的发生。

福尔摩斯说道：

“喂……喂……您听见我说话了吗？……我也听不清……很不清楚……勉强能辨别出您的话……您想听我的？那好吧……我考虑了一下，觉得您最好还是回家……有什么危险？没有任何危险……他现在在英国！我收到了一封来自南安普敦的电报，得知他已经到达那里了。”

这几句话里充满了讥讽！福尔摩斯是用一种难以描绘的惬意把它们说出来的。接着，他补充道：

“因此，您就不要浪费时间了，亲爱的朋友，我马上就到您那里去。”

他放下了话筒。

"加尼马尔先生，请您给我三个人。"

"是金发女郎，对吧?"

"对。"

"您认识她，知道她在哪里吗?"

"是的。"

"天哪！能抓到她太好了，和罗平一起……今天过得太完美了。弗朗方，带上两个人，跟先生一起走!"

英国人走了，身后跟着三个警察。

完了，彻底完了，金发女郎将落入福尔摩斯的魔爪！由于他那令人赞叹的不屈不挠，也由于对他有利的意外事件的发生，这场战斗将以他的胜利和罗平无可挽回的惨败而告终。

"福尔摩斯先生!"

英国人停下了脚步。

"罗平先生?"

罗平显然是被这最后的一击彻底地击垮了。他脸色阴沉，额头上布满了皱纹，一副筋疲力尽、萎靡不振的样子。然而，他却突然抖起精神，尽管已是英雄末路，却欢快而轻松地大声说道：

"您得承认是厄运缠住我不放了！刚才，它阻止我从这个壁炉里逃走，把我交给了您；现在，它又利用电话让金发女郎成了您的俘虏。我向命运低头。"

"这意味着……"

"这意味着我已经准备好重新谈判。"

福尔摩斯把警长拉到一边，用一种不容反驳的语气要求他允许自己与罗平交谈几句。然后，他回到了罗平身边。一场超级谈判开始了！他用生硬的语气说道：

“您想要什么?”

“德坦日小姐的自由。”

“您知道要为此付出什么代价吗?”

“知道。”

“您同意了?”

“我同意您的所有条件。”

“啊!”英国人惊讶地说道,“可是……您本来拒绝……为您……”

“刚才事关我自己,福尔摩斯先生,现在事关一个女人……而且,事关一个我深爱的女人。在法国,您知道,我们在这个问题上有一种很独特的想法。我不能因为自己是罗平就违反常规……恰恰相反!”

他用非常平静的语气说出了这番话。福尔摩斯令人难以察觉地点了点头,轻轻地说道:

“那么,蓝钻石呢?”

“请您去取我的手杖!在那儿,壁炉角上!用一只手攥住顶端的球形装饰物,用另一只手拧手杖另一边的那个铁箍!”

福尔摩斯拿起手杖,转动铁箍,看到球形饰物慢慢地被拧开了。在球形饰物的里面,有一个玛瑙脂球。在这个球里,有一颗钻石。

他仔细看了看,是蓝钻石。

“德坦日小姐自由了,罗平先生。”

“将来也和现在一样自由吗?她不用再怕您了吗?”

“她不必怕任何人了。”

“无论发生什么事?”

“无论发生什么事。我不知道她的姓名,也不知道她的住址。”

“谢谢，再见！我们会重逢的，对吧，福尔摩斯先生？”

“对此我毫不怀疑。”

英国人与加尼马尔之间发生了一场激烈的争执，福尔摩斯相当粗暴地中断了这场谈话：

“我很抱歉，加尼马尔先生，我一点儿都不赞同您的意见。但我没有时间说服您了，一个小时以后我要回英国。”

“可是……金发女郎……”

“我不认识这个人。”

“可是，刚才……”

“这是个取与舍的问题。我已经把罗平交给您了。这是那颗蓝钻石……您肯定会很乐意亲手把它交给德克罗松伯爵夫人。我觉得您没什么可抱怨的。”

“可是，金发女郎呢？”

“您自己去找她吧！”

他把帽子戴到头上，走了，毫不拖沓。

“一路顺风，大师！”罗平喊道，“请相信，我永远不会忘记我们之间的友谊！请向华生先生转达我对他的慰问！”

他没有得到任何回答，于是讥讽地说道：

“这就叫英国式的不辞而别啊！这位可敬的岛民不懂得我们的礼仪。您想一想，加尼马尔先生，一个法国人在这种情况下会多么彬彬有礼……不过，上帝饶恕我，加尼马尔，您现在要做什么？开始搜查吧！可是这里已经空空如也，我可怜的朋友，连一张纸都没有了。我的档案资料都已经转移到安全可靠的地方了。”

“谁知道呢！谁知道呢！”

罗平只能任他摆布。他在两名警察的监视下，身边还围着一群人。他耐心地看着他们行动。二十分钟以后，他叹了口气，说道：

“快点儿吧，加尼马尔，您怎么没完没了啦！”

“您很着急吗？”

“我当然着急了！我还有个紧急约会！”

“在拘留所里？”

“不，在城里。”

“啊！几点钟啊？”

“两点。”

“可现在已经三点了。”

“就是嘛，我要迟到了。迟到最让人讨厌了！”

“您再容我五分钟，好吗？”

“多一分钟也不行。”

“真是太好了……我尽量……”

“别废话了……还有那个壁橱，里面也是空的！”

“可是您看，还有这些信呢！”

“都是些旧发票！”

“不，还有用缎带捆着的一沓呢。”

“一条粉红色的缎带？噢！加尼马尔，千万别打开，看在上帝的分儿上！”

“是一个女人的？”

“对。”

“是上流社会的女人？”

“最最上流的。”

“她的姓名……”

“加尼马尔夫人。”

“太逗了，真是太逗了！”加尼玛尔有些做作地说道。

这时，被派到其他房间搜查的人回来报告说，搜查没有任何结果。罗平笑了起来。

“真是的！你们是希望找到我手下人的名单呢，还是希望找到我与德国皇帝有牵连的证据呢？您应当找的是套房里的那些小秘密，比如这根煤气管能发出声响，这个壁橱里藏着一道楼梯，而这面墙里是空的，还有这些错综复杂的电铃！加尼马尔，请按一下这个按钮……”

加尼马尔按了一下。

“您什么都没听见吗？”罗平问道。

“没听见。”

“我也没听见。不过，您向我的飞艇停放场发出了警告，让他们把将要载着我们升空的飞艇准备好。”

“好了，”加尼马尔结束了他的搜查，说道，“别废话了，上路！”

他走了几步，随从们跟在他身后。

然而，罗平一动也没动。

看守往前推他——没用。

“怎么，”加尼马尔说道，“您不想走吗？”

“不是。”

“既然如此……”

“那要看情况。”

“看什么情况？”

“看你们要带我去哪里。”

“当然是去拘留所。”

“那我就不走，我去拘留所无事可做。”

“您疯了?”

“我不是告诉您了嘛，我有一个紧急约会!”

“罗平!”

“加尼马尔，加尼马尔，金发女郎在等着我呢，您觉得我应该那么粗暴无礼，让她为我担惊受怕吗?这不是一个有修养的人应该做的。”

“听我说，罗平，”警长说道，他开始被罗平的胡闹惹急了，“在这之前，我对您始终非常客气，但是这种客气是有限度的。请跟我走!”

“不可能……我有约会，我一定要赴约。”

“再说一遍!”

“不——可——能!”

加尼马尔做了一个手势，过来两个人用胳膊把罗平架了起来，但他们很快就把他放开了，嘴里还痛苦地呻吟着——亚森·罗平往他们胳膊上各扎了一根长长的针。他们被气坏了!他们的仇恨开始爆发了，另外几个人也朝他冲过来，要给自己的同伴报仇雪恨。他们争先恐后地打他。罗平被重重地打了一拳，正打在太阳穴上。他倒了下去。

“如果你们把他打坏了，”加尼马尔愤怒地骂道，“我跟你们没完!”

他俯下身，准备救他，却发现他呼吸很正常。于是，他让他们抬起罗平的头和腿，自己托着罗平的腰。

“你们一定要轻一点儿!……不能太摇晃……啊!这帮粗人，他们会把他打死的。喂，罗平，怎么样啊?”

罗平睁开眼睛，轻轻地说道：

“不怎么样，加尼马尔……他们快把我给打死了。”

“这都怪您自己，该死的……您太固执。”加尼马尔回答道，“很抱歉……但是您好像不太痛苦。”

他们来到楼梯平台上，罗平呻吟着说道：

“加尼马尔……坐电梯吧……他们会把我的骨头给弄断的……”

“好主意，绝妙的主意！”加尼马尔表示赞同，“再说，楼梯这么窄……根本没有办法……”

电梯上来了。他们小心翼翼地把罗平放到了椅子上。加尼马尔站到他旁边，对手下人说道：

“你们也同时下楼，在门房前面等我。听明白了吗?”

他关上了电梯门。可是，还没等电梯门关好，就传来一阵叫喊声。电梯一下子升上去了，像个断了线的气球一样。与此同时，一阵讥讽的笑声响了起来。

“妈的……”加尼马尔怒吼道，竭力在黑暗中寻找电梯的按钮。

由于找不到按钮，他喊道：

“上六楼！守住六楼的电梯门！”

警察们飞速上了楼。但是，发生了一件怪事：电梯像穿透了最后一层的屋顶似的消失了。接着，在那些目瞪口呆的警察的注视下，电梯突然在用人们住的阁楼里停了下来。等在那里的三个人打开电梯门，其中两个人制伏了加尼马尔。加尼马尔无法施展手脚，也就放弃了反抗，不再自卫了。第三个人抱起了罗平。

“我警告过您了，加尼马尔……飞艇救驾……多亏了您！下次别这么乐于助人了。尤其要记住，亚森·罗平不会无缘无故地让别人打自己，而且打得这么重。再见了，加尼玛尔……”

转瞬之间，飞艇的门关上了，电梯则带着加尼马尔下去了。这一切都进行得如此迅速！加尼马尔很快就在门房前面找到了手下人。

没用任何解释，他们就穿过院子，飞快地从货梯上去了——那是唯一能够上到用人住的阁楼所在的顶层的通道，逃逸就发生在那里。

一条长长的弯弯曲曲的走廊——两边是一个个门上写着号码的小房间—— 一直通向一道轻轻一推就开的门。门的另外一边，也就是另外一座房子里，有另外一条走廊，也是拐弯抹角，两边也是一个个同样的小房间。走廊尽头有一个货梯。加尼马尔顺着这个货梯下去，穿过院子、门厅，冲向一条街——皮克街。于是，他恍然大悟，原来这两座相连的房子分别朝向前后两条街，不是相互垂直，而是相互平行，彼此相距六十米。

他走进门房，出示了自己的证件：

“有四个人刚刚从这里过去吗?”

“对，五楼和六楼的两个用人，还有他们的两个朋友。”

“住在五楼和六楼的人都是谁?”

“是两位弗维尔先生和他们的亲戚普罗沃斯特……他们今天搬家了。只剩下这两个仆人……他们刚刚离开。”

“啊！”加尼马尔瘫倒在门房的长沙发上，“我们错过了多么好的机会啊！他的整个团伙都住在这些屋子里啊！”

四分钟之后，两位先生来到北站，匆匆朝开往加莱的快车走去，后面跟着一个给他们提箱子的人。

两个人当中的一个胳膊上缠着绷带，脸色苍白；另外一个则看上去神采奕奕、兴致勃勃。

“快跑，华生，可不能误了火车……啊！华生，我永远也忘不了这十天。”

“我也忘不了。”

“啊！多么漂亮的战斗！”

“漂亮极了。”

“只是稍稍有一点儿美中不足……”

“微不足道。”

“最终是全线大捷：罗平被捕！蓝钻石失而复得！”

“我的胳膊被打断了！”

“当你取得如此骄人的胜利时，断一只胳膊又算得了什么啊！”

“更何况是我的胳膊。”

“对呀！你想一想，华生，你在药房里像英雄一样忍受疼痛煎熬的时候，我眼前突然闪出了那道指引我们走出黑暗的亮光。”

“多么幸运啊！”

车门关上了。

“请上车。快点儿，两位先生！”

那个给他们提箱子的跟班登上一节空着的车厢，然后把箱子放到行李架上。福尔摩斯则扶着倒霉的华生上了车。

“你怎么了，华生？怎么这么慢啊……加点儿油，老伙计……”

“我没劲儿了。”

“那是为什么？”

“因为我只有一只手可以用。”

“那又怎么样？”福尔摩斯依旧乐悠悠地说道，“别那么娇气，就像这个世界上只有你一个人有这种不便似的！那些独臂人呢？那些真正的独臂人呢？好了，这没有什么可遗憾的。”

他给了那个提箱子的跟班一枚五十生丁的硬币。

“好了，朋友，这是给您的。”

“谢谢您，福尔摩斯先生。”

英国人睁大了眼睛——说话的人竟然是亚森·罗平！

“是您！……是您！”他目瞪口呆，喃喃地说道。

华生摇晃着他那只唯一能动的手，就像唯一能指明事实真相的人那样，结结巴巴地说道：

“您！您！您已经被捕了！福尔摩斯告诉我了。他离开您的时候，加尼马尔和他的三十个手下正包围着您……”

罗平把两只手交叉放在胸前，绷着脸说道：

“在我们彼此那么友好地相处之后，您以为我会跟您不辞而别吗？那可是世界上最不礼貌的行为！您把我当成什么人了……”

火车的汽笛声响了起来。

“好吧，我原谅您了……不过，您身上带旅行必备的东西了吗？烟丝、火柴……对，还有晚报！您会在报上看到关于我被捕情况的详细报道的，那是您最后的功绩。现在，再见了！认识您很高兴……确实非常高兴……如果您需要我的帮助，我将不胜荣幸……”

他跳到了月台上。车门关上了。

“别了,”他摇晃着自己的手帕，继续说道，“别了……我会给您写信的……您也会的，对吧？还有您那只骨折的胳膊，华生先生！我等着您二位的消息……时不时地给我寄张明信片来……我的地址嘛……巴黎，罗平……这就够了……不必贴邮票……别了……再见了……”

第二章　犹太灯

一

夏洛克·福尔摩斯和华生一左一右坐在高大的壁炉两旁，把脚伸到炭火旁边。

福尔摩斯的烟斗—— 一支很短的银管欧石楠烟斗——已经熄灭了。他把烟灰磕掉，重新装满烟丝，点燃，把睡袍的下摆盖到腿上，吐出长长的一口烟，让一个个烟圈袅袅腾腾地升上天花板。

华生看着他，就像一只趴在壁炉旁边地毯上的狗看着自己的主人一样，两眼圆睁，一眨不眨，没有别的期望，只想看到自己主人的手势。主人是否要打破沉默？是否会向他透露此刻心里的想法，让他也进入自己思绪的王国？华生觉得，这个王国禁止他进入。

福尔摩斯沉默着。

华生尝试着说道：

“这段时间很平静。我们手里一点儿活儿都没有。”

福尔摩斯越来越沉默了，不过，他吐烟圈却越来越成功了。华生所感受到的，是一个人脑袋里什么都不想的时候的那种深深的满足感。

华生很失望，站了起来，走到窗户旁边。

那条没有生气的街在一座座死气沉沉的房屋前伸展着，上面是一片黑色的天空，密密麻麻地下着冰冷的雨。过去一辆双轮马车，又过去一辆，华生把它们的车号记在小本子上——谁知道什么时候会有用呢！

“是邮差！”他喊道。

那个人被一个仆人领了进来。

“两封挂号信，先生……请您签字好吗？”

福尔摩斯签了字，把那个人送到门口，一边走回来，一边打开其中的一封信。

“看您那样子，很高兴嘛！”过了一会儿，华生说道。

“这封信向我们提出了一个非常有意思的建议。您不是老想有事情做吗？现在有了！读一读吧！”

华生念道：

先生：

我希望您的经验能帮助我解困。本人遭受到重大盗窃，调查迄今为止没有任何结果。

随信给您寄上一些报纸，会有助于您了解案情。如果您肯继续此案的调查，我愿意提供我的公馆为您办案使用，并附上本人已签字的支票一张，请您填上为办案所需要的活动经费数额。

恳请您电告您的决定。顺致崇高敬意！

维克多·丹布勒瓦尔男爵

穆里尤街十八号

“嘿！嘿！”福尔摩斯说道，“这个机会太好了……到巴黎遛遛弯儿。天哪，为什么不呢？自从那次和亚森·罗平交手之后，我还没有机会再去巴黎呢！能有机会在更加舒适的环境里到这个世界级的城市逛一逛，何乐而不为呢？”

他把支票撕成四片。胳膊尚未完全复原的华生则说了些对巴黎不满的话。接着，福尔摩斯打开了第二个信封。

他立刻做了个气愤的动作，紧皱着眉头读了那封信，然后把信揉成一团，扔到了地上。

“怎么了？什么事啊？”华生担心地问道。

他拾起那个纸团，带着越来越大的惊恐继续读那封信：

我亲爱的大师：

您知道我对您的景仰和爱慕。那么，请相信我，不要接受别人请您插手的这个案件。您的介入将造成很多麻烦，您的所有努力都只能带来可悲的后果。而且，您将不得不公开承认自己的失败。

我非常想让您避免这种耻辱，所以，我以把我们紧密联系在一起的友谊的名义劝您，安静地待在自己的炉火旁边吧！

请转达我对华生先生的美好祝愿！请接受我对您——我亲爱的大师的崇高敬意！

亚森·罗平

“亚森·罗平！”华生重复着这个名字，一脸困惑……

福尔摩斯用拳头砸着桌子。

“啊！他开始给我找麻烦了，这个畜生！他嘲笑我，就像嘲笑一个孩子一样！他竟公开断定我必将失败！难道我没有能力让他归还那颗蓝钻石吗？”

“他害怕了。”华生强调说。

“您在说蠢话！亚森·罗平从来没有害怕过，因为他在向我挑衅。”

“问题是，他是怎么知道丹布勒瓦尔男爵给我们写了这封信的？”

“我怎么知道！您净提这种愚蠢的问题，我亲爱的！”

“我想……我觉得……”

“您觉得什么？觉得我是个巫师？”

“不是，可我亲眼看见您创造了那么多的奇迹！”

“谁都不可能创造奇迹……我也不比别人神奇。我只是善于思索、推理，然后得出结论，但我不会去猜测——只有愚蠢的人才会瞎猜。”

华生显得十分被动，他竭力想弄明白，福尔摩斯为什么焦躁地在房间里踱步。可是，福尔摩斯按铃叫来仆人，让他给自己准备箱子。既然有了这么一个事实，华生就认为自己有权进行思索、推理，并且得出结论——主人又要动身去旅行了。

同样的推理，让他像一个不担心自己会犯错误的人那样肯定地说道：

“夏洛克，您要去巴黎。”

“有这种可能。”

“我陪您去。”

“啊！啊！老朋友，”福尔摩斯停下脚步，大声说道，“您不担心自己的左胳膊会变得像右胳膊那样吗？”

“有您在，我能出什么事呢？”

“好极了，您是个勇士！咱们要让那位先生明白，他如此大胆地向我们挑战，可能是个错误。快，华生，我们去赶第一趟火车！”

“不等男爵给我们寄来报纸了？”

“没必要！”

“用给他发一封电报吗？”

“不必。这样的话，亚森·罗平就知道我什么时候到了，我不希望这样。这一次，华生，我们必须抓紧！”

下午，这两位在多佛港上了船，一路顺风。在从加莱开往巴黎的快车上，福尔摩斯让自己美美地睡了三个小时，华生则牢牢地守住车厢门，漫无目的地思索着。

福尔摩斯睡醒了，即将与亚森·罗平展开的决斗使他精神抖擞。他像一个准备品尝无尽的快乐的人那样，得意地搓着双手。

“我们总算可以放松一下僵硬的身体了！”华生大声

说道。

他以同样得意的神色搓着自己的两只手。

到站以后，福尔摩斯拿起两个人的旅行外套，后面跟着手提两只箱子的华生——分别承载着重量。福尔摩斯把票交给检票员，步履轻盈地走出了车站。

“多好的天气啊，华生……碧空如洗，阳光灿烂……巴黎用节日般的气氛迎接我们!”

“这么多人啊!”

“再好不过了，华生！这样我们就不会引人注意了。在这么个人来人往的地方，没有人会认出我们的!”

“您是福尔摩斯先生吧?”

他停下脚步，有些不知所措——谁会这么指名道姓地叫他呢?

一个女人站在他身边，朴素的衣着凸显出婀娜的身姿，美丽的脸庞流露出不安和痛苦。

她重复道：

“您是福尔摩斯先生吧?”

他由于慌乱，也由于一贯的谨慎而沉默着。她问了第三遍：

“我有幸与福尔摩斯先生说话吗?”

“您想要做什么?”他相当粗鲁地问道，以为自己是碰到了一个可疑的人。

她站到了他面前。

“听我说，先生，事情非常严重！我知道您是去穆里尤街。”

“您在说什么?”

“我知道……我知道……穆里尤街十八号。那么，请不要去！您不应当去那里……我可以肯定地说，您一定会后悔的。我之所以这样对您说，并不是因为我有什么个人利益在里面，而是出于理性，出于良知。”

他试图把她推开，可她依然坚持着：

“噢！我求求您了，不要太固执……啊！我知道自己该怎么说服您了！请看着我的眼睛……是真诚的……说的是真心话。”

她热切地让他看自己的眼睛，一双清澈、美丽的眼睛。华生点了点头：

“小姐是很真诚的。”

“就是嘛，”她说道，“应当信任我……”

“我相信您，小姐。”华生说道。

“啊！我太高兴了！您的朋友也一样，对吧？我能感觉到……我可以肯定！我太高兴了！一切问题都能解决了！啊！我的想法太好了！……先生，二十分钟以后有一辆去加莱的火车……你们就乘这趟火车吧……快，跟我来……路在这边，你们只有这么点儿时间了……”

她想去拉华生，却被福尔摩斯拉住了。福尔摩斯用尽可能温和的语气说道：

“小姐，请原谅我不能按照您的意图去做，因为我从不放弃已经开始的工作。”

“我求求您了……我求求您了……啊！如果您能明白，该有多好啊！”

他不顾她的劝阻，很快就走远了。

华生对那位姑娘说道：

“请您相信他吧……他一定会把事情进行到底的……他还从来没有失败过呢……”

说完，他就跑着追赶福尔摩斯去了。

夏洛克·福尔摩斯与亚森·罗平的对决

他们还没走几步，两个用黑体大写字母写的名字就赫然映入了他们的眼帘。他们走到近前，看见一列长长的广告模特儿队伍正在前行。队列中的人用重重的铁棍子敲打着地面，背上背着巨大的广告牌，上面写着：

夏洛克·福尔摩斯与亚森·罗平的对决。英国冠军抵达巴黎。大侦探挑战穆里尤街神秘事件。若知详情，请阅读《法兰西回声报》。

华生摇着头说道：

“夏洛克，我们还以为自己是在秘密地行动呢！如果共和国卫队在穆里尤街欢迎我们，并且有祝酒词和香槟宴会，我一点儿都不会感到惊讶！”

“当您有幽默感的时候，您就一个顶俩了，华生！”福尔摩斯咬着牙说道。

他走到一个广告模特儿面前，非常明显地想用他那两只有力的手把广告模特儿和广告模特儿身上的牌子碾成碎片。可是，广告模特儿的四周围着很多人，大家嬉笑着。

他压住满腔的怒火，对那个人说道：

“他们是什么时候雇用你们的？”

“今天早晨。”

“你们是什么时候开始在这里游荡的？”

“一个小时之前。”

“广告牌早就准备好了？”

“啊！那当然了……我们早晨到公司的时候，这些牌子就已经放在那里了。”

这就是说，福尔摩斯肯定会接受这次挑战。罗平写给他的信表明，罗平本人非常渴望这场战斗，早就准备好再次与对手一决高下了。为什么？是什么原因驱使他再次发起攻击？

夏洛克又一次犹豫了。罗平肯定是胜券在握，才会如此放肆，如此张扬！他一听到召唤便送上门来，会不会正好跳入罗平设下的陷阱呢？

“走吧，华生！司机，去穆里尤街十八号！”他又打起精神，喊道。

他攥紧拳头，就像去参加一场拳击一样，跳进了一辆出租车。

穆里尤街的一侧都是豪华的私人公馆，公馆的后窗朝向蒙索公园。十八号是这些最漂亮的公馆中的一座。与妻儿一起住在这里的丹布勒瓦尔男爵用艺术家和百万富翁的水准把公馆装饰得无比奢华。公馆前面是一个漂亮的院子，左右两边是厢房，后面是一座花园。花园里的树木与蒙索公园的树木连成了一片。

按了门铃之后，两个英国人由一个仆人领着，穿过院子，进了一个朝向另一边的小客厅。

他们坐下来，快速地扫了一眼用来装饰小客厅的珍贵的艺术品。

“都是些很美的东西，有审美水准，也有情趣。我们可以推断，那些把它们淘换来的人应当是上了年纪……大概有五十岁了吧……”华生说道。

他的话还没说完，门就开了，丹布勒瓦尔先生走了进来，后面跟着他的妻子。

与华生的推断相反，他们两个人都很年轻，衣着讲究，反应灵敏。两个人对他们表示感谢：

“两位如此不辞劳苦，真让我感动！我们遇到了烦恼，却有幸……”

“这些法国人可真会说话！”华生心想。

“可是，时间就是金钱，”男爵说道，“尤其是您的时间，福尔摩斯先生。所以，我们就不绕圈子了。您对这件事情怎么看？您想接手这个案子吗？”

“要想接手，首先要了解。”

“您还不了解？”

“不了解，所以请您详细介绍一下，不要漏掉任何细节。这到底是一个什么样的案件？”

“盗窃。”

“时间和地点？”

“上星期六夜里。”男爵说道。

“这就是说，已经过去六天了。现在，我听您说。”

“我首先应当说，先生，我和妻子虽然过着优越的生活，但我们很少出门。教育孩子们，偶尔宴请客人，不断地装修住房……就是我们的生活。我们几乎所有的夜晚都是在这个房间里度过的。这是我妻子的小客厅，里面放了一些艺术品。

上个星期六晚上，快到十一点的时候，我关上灯，像往常一样和妻子一起回到了卧室。”

“卧室在……”

“就在隔壁……您看到的那扇门。第二天，也就是星期天，我起床很早。我妻子苏珊还在睡觉，为了不吵醒她，我尽量轻轻地来到这个小客厅。当我发现这个窗户开着的时候，不禁惊讶万分，因为前一天晚上，我们是把它关好的！”

“会不会是仆人……”

“早晨我们按铃之前，没有人会进入这个房间。而且，我总是小心翼翼地把第二道门的门闩插好——这道门通向门厅。因此，窗户有可能是被人从外面打开的。我还有证据：右边那扇窗户的第二块玻璃是被人切开的。”

“那这扇窗户……”

“这扇窗户，正如您所看到的那样，是朝向一个有石头围墙的露台的。我们现在是在二楼，您可以看到公馆后面的蒙索公园和把它与蒙索公园隔开的栅栏。因此可以断定，那个人是从蒙索公园进来的，然后借助梯子翻过栅栏，再爬到那个露台上的。”

“您能断定吗？”

“我们在栅栏两边土质松软的花坛里发现了梯子留下的痕迹，同样的印记在露台下面也有。最后，露台的石头边上有一道擦痕，很明显，也是梯子留下的。”

“蒙索公园晚上不关门吗？”

“关门。不过，十四号公馆目前正好有维修工程，从那里进来很容易。”

夏洛克·福尔摩斯考虑了一会儿，然后继续说道：

“现在说说盗窃的事吧！是在我们所在的这个房间里发生的，对吧？”

“对。在这幅十二世纪的圣母像和这个银丝编织的圣体盒中间，本来放着一盏犹太灯——这盏灯不见了。”

“就这些吗？”

“就这些。”

“啊！……您所说的犹太灯是件什么东西呢？”

“是一盏旧时使用的铜质灯，有一个支架，还有一个盛油的油碗，油碗上有两个或几个放灯捻的豁口。”

“总之，是个没有多大价值的东西。”

“确实没有多大价值。不过，这盏灯里有一个隐蔽的藏东西的地方，我们总是把一枚非常漂亮的首饰放在里面，是一枚金质吐火怪物像，镶嵌着价值连城的红宝石和翡翠。”

“为什么会有这个习惯？”

“天哪，先生，我也说不清。也许就是认为好玩儿，想利用一下这个能够藏东西的地方。”

“没人知道吗？”

“没人知道。”

“当然，那个盗窃吐火怪物像的人除外，”福尔摩斯纠正道，“……否则他不会费那么大的力气去偷一盏犹太灯。”

“那当然。可是，他是怎么知道的呢？我们也是偶然发现这盏灯的秘密的。”

“也许另外一个人同样偶然地发现了这个秘密……一个仆人……一个家里的熟人……不过，请继续说吧！报警了吗？”

“那当然。预审法官做了调查，各大报纸的记者也分别做了调查，但结果正如我在信里对您说的那样，疑团似乎永远都无法解开。”

福尔摩斯站起来，走到窗边，仔细查看了窗户和露台，并用放大镜查看了梯子留下的两个痕迹。然后，他请丹布勒瓦尔先生带他去花园看看。

到了外面，福尔摩斯干脆坐到一把柳条编的椅子里，若有所思地看着屋顶。而后，他突然径直朝两个小木箱走去。木箱底下盖着梯子留下的两个小坑。他掀起木箱，跪在地上，弯着腰，鼻子低到离地二十厘米的高度，仔细查看着，记录下估量的数字。在栅栏边，他做了同样的动作，但用的时间没那么长。

然后，就结束了。

他们两个人回到小客厅，丹布勒瓦尔夫人还在那里等他们。

福尔摩斯沉默了几分钟，然后这样说道：

“从您一开始介绍这件事，男爵先生，我就为事情过于简单而感到惊讶。安放一架梯子，切割一块玻璃，选择一件物品，然后走人——不，绝不会这么容易。这一切都太显而易见了！”

“因此……”

“因此盗窃犹太灯是在亚森·罗平的指导下进行的……”

“亚森·罗平？”男爵惊讶地说。

“不过，是在他自己不在场的情况下实施的盗窃，无须任何人进入这座公馆……可能是一个仆人从他所在的阁楼里顺着我刚才在花园里注意到的那条排雨水管道爬下来，来到了露台上。”

“您有什么证据呢?”

“亚森·罗平是不会空着手离开客厅的。”

“那盏犹太灯呢?”

“拿犹太灯，并不妨碍他再拿上这个镶着钻石的鼻烟盒，或者这个乳白色项链。对他而言，这是举手之劳。他之所以没拿走这两件东西，是因为他没有看见它们。”

“可是，那些痕迹呢?”

“那是为了转移视线而留下的！是为了掩盖真正的痕迹而制造的假象!”

“那露台扶手上的痕迹呢?”

“那也是骗人的！那些痕迹是用玻璃纸划的。看，这就是我搜集到的玻璃纸屑。”

“那么梯子留下的痕迹呢?”

“那更是小把戏了！您仔细看看露台下面那两个长方形的痕迹和栅栏旁的那两个痕迹，它们的形状十分相似。可是，这边的两个是平行的，而那边的就不是了。请您再量一量两个痕迹之间的距离！两个地方的距离是不同的：露台下面的两个痕迹之间的距离是二十三厘米，而栅栏旁的是二十八厘米。”

“那您的结论是……”

“我的结论是，既然它们的形状都是一样的，那么这四个痕迹都是用同一个按照约定的尺寸加工好的木块制造出来的。”

“最能说服人的证据，就是那个木块本身了。”

“它就在这里。”福尔摩斯说道，“我是在花园里的那两个柳条筐中的一个下面发现它的。”

男爵向他致敬。英国人刚刚迈进他家门槛四十分钟，此前人们根据表面现象所得出的结论就全部被推翻了。一个事实——一个其他事实——显现出来，它建立在一种更加坚实的基础之上，建立在夏洛克·福尔摩斯的一种推理之上。

“您指控我家用人可是一件非常严重的事，先生，因为他们都是我们家的老用人，根本不会背叛我们。”

“如果他们当中没有人背叛你们，那么这封信怎么会和你们给我的那封信在同一天，由同一个邮差送到我手里呢?”

他把亚森·罗平写给他的信递给了男爵夫人。

丹布勒瓦尔夫人万分惊讶。

“亚森·罗平……他怎么会知道呢?”

“你们没把给我写信的事告诉任何人吧?”

“没告诉任何人。那是我们前一天吃晚饭的时候才有的想法。”

“有仆人在吗?”

“只有我们的两个孩子在。而且……当时索菲和昂丽埃特已经离开餐桌了，对吧，苏珊?”

丹布勒瓦尔夫人想了想，然后肯定地回答道：

“确实，她们去找小姐了。”

“小姐?”福尔摩斯问道。

“我们的家庭教师——爱丽丝·德曼小姐。”

“这个人不和你们一起用餐吗?”

“不，他们把饭菜送到她的房间里。”

华生的脑子里有了一个念头，于是说道：

“你们给我的朋友夏洛克·福尔摩斯写的信，是送到邮局去的吧?”

“那当然!”

“是谁送去的?”

“是多米尼克，他给我做了二十年的贴身男仆。”男爵回答道，“在他身上花时间纯属浪费。”

“只要调查就不会浪费时间。”华生用教训人的语气说道。

第一次调查结束了，福尔摩斯请求离开。

一个小时之后，吃晚饭的时候，他看到了索菲和昂丽埃特——丹布勒瓦尔夫妇的两个漂亮女儿，分别是八岁和六岁。她们说话很少。福尔摩斯回答男爵和他妻子的和蔼问话时的敷衍态度，让她们更不敢再多说话。仆人给他们倒上了咖啡。福尔摩斯一口气把自己杯子里的咖啡喝完，然后站起身来。

这时，一个仆人进来，给福尔摩斯送上了一封电报。他打开电报，读道：

向您表达我的崇敬之情！您用这么短的时间就有如此惊人的发现，实在令我汗颜！

亚森·罗平

他做了个非常恼火的动作，把电报递给了男爵。

“您现在该相信了吧，先生，您家确实隔墙有耳，而且还有眼呢!”

“我真的一点儿都不明白。”丹布勒瓦尔先生惊讶地说道。

“我也不明白。不过我知道，这里发生的每一件事，他都不会看不到；这里说的每一句话，他都不会听不到。”

这天晚上，华生是心安理得地上床睡觉的，所以很快就睡着了，还做了很多美梦。梦中，他独自跟踪罗平，准备亲手将他逮捕。这次追踪让他感觉如此真实，甚至把他给惊醒了。

有人在碰他的床，于是他抓起了自己的手枪：

“再动一下，罗平，我就开枪了！”

“见鬼！您还挺快的，老伙计！”

“怎么，是您啊，福尔摩斯！您需要我吗？”

“我需要您的眼睛。快起来……”

福尔摩斯把他拉到了窗前。

“看……栅栏的另一边……”

“公园里？”

“对。您什么都没看见吗？”

“什么都没看见。”

“不，您看见了！”

“啊！确实，一个影子……甚至是两个。”

“是吧，靠着栅栏……看，它们动了。别浪费时间了！”

他们扶着楼梯扶手，摸着黑下了楼，来到一个朝着花园的房间，房间的门外有台阶可以下去。他们透过玻璃门看到那两个人影还待在原来的地方。

“奇怪，”福尔摩斯说道，“我怎么好像听见房子里面有声音呢？”

“房子里面？不可能！大家都在睡觉。”

“可是……听……”

就在这时，从栅栏那边传来一声哨响。于是，他们看见一道模糊的亮光，好像是从公馆里射出来的。

“丹布勒瓦尔夫妇大概是开灯了。”福尔摩斯轻轻地说道，“我们头上就是他们的卧室。”

“刚才我们听到的大概就是他们的声音。”华生说道，“他们大概在监视栅栏那边。”

又传来一声哨响，比上一次还要轻。

“我不明白，我不明白！”福尔摩斯焦躁地说道。

“我也不明白。”华生坦诚地说道。

福尔摩斯拧了一下房门的钥匙，拉开门闩，轻轻地打开了房门。

第三声哨响，比前两次声音大些，节奏也不一样。他们头上传来的声音也更重、更急迫了。

“这声音好像是从小客厅的阳台上传来的。”福尔摩斯轻轻地说道。

他从门缝里探出头，但又立刻缩了回来，忍住没骂出声来。华生也看了一眼，发现在他们身边立着一个梯子，靠在露台边上。

“啊！见鬼，”福尔摩斯说道，“有人在小客厅里！这就是我们刚才听到的声音。快，把梯子搬开！”

就在这时，一个人影从上面滑了下来。梯子被拿开了，扛着它的人飞快地朝栅栏跑去，跑到同伙等他的地方。福尔摩斯和华生也冲了出去，在那个人往栅栏旁放梯子的时候追上了他。栅栏外面传来了两声枪响。

“伤着了吗？”福尔摩斯大声问道。

“没有。”华生回答。

华生抓住那个人的身子，想要把他按住。但那人转过身来，用一只手抓住他，用另一只手把匕首插进了他的胸膛。华生呻吟了一声，摇晃了一下，倒了下来。

“妈的！”福尔摩斯吼道，“如果你们把他杀死，我就要杀人了！”

他把华生放倒在草坪上，然后朝梯子冲去，可是太晚了……那个人已经上了梯子，被同伙接住，然后朝灌木丛跑去。

“华生，华生，不要紧吧，嗯？就擦破了一点儿皮，对吧？”

公馆的门突然开了。丹布勒瓦尔先生第一个出来，接着是几个手拿蜡烛的仆人。

“怎么了？出什么事了？”男爵喊道，“华生先生受伤了？”

“没什么，就擦破了一点儿皮。”福尔摩斯重复着刚才的话，试图让自己的幻想成为现实，但血在往外冒，华生脸色灰白。

二十分钟以后，医生到了，发现匕首刺在离心脏四毫米的地方。

“离心脏四毫米！我们华生总是那么走运！”福尔摩斯用羡慕的语气说道。

“运气……运气……”医生嘟囔着。

“天哪！他身体很结实，一定会没事的……”

“卧床六周，再康复两个月。”

“不需要更长时间了吗？”

“不需要，除非有并发症。”

“见鬼!”

福尔摩斯彻底放心了，于是回到了小客厅，来到了男爵身边。这一次，那个神秘的窃贼没有像上回那么客气，他毫无廉耻地拿走了镶嵌着钻石的鼻烟盒，并且拿走了乳白色项链。总之，他拿走了满满一口袋东西。

窗户依然开着，有一块玻璃被干净利落地切割下来。在天亮后的一次粗略的调查中确定，梯子来自那个正在修复的公馆，于是明确了盗贼所走的路线。

“总之，”丹布勒瓦尔先生用一种讥讽的语气说道，“这是犹太灯盗窃事件的重演。”

“不错，如果人们接受司法当局的初次调查结果的话。”

“那么，您是不接受了……这次重演不能动摇您对第一次盗窃的判断吗?”

“它让我更加坚信我的判断，先生。”

“真让人难以相信！您有无可辩驳的证据，证明昨天夜里的盗窃是外面的窃贼所为，可是您依然坚信犹太灯是我们内部的人偷走的……”

“是被一个住在这座公馆里的人偷走的。”

“那么您怎么解释呢? ……”

“我不解释，先生。我注意到这两个事件之间只有表面上的联系，我们应该分别对它们进行分析和判断，以便找出它们之间的内在联系。”

他的行动建立在如此坚实的基础之上，男爵只有屈服了。

“好吧！我们向警长报告……”

“绝不!”英国人急忙喊道，“绝不！只有到了需要他们的时候，我才会去找他们。”

“可是，枪声……”

“那无所谓！”

“那您的朋友……”

“我的朋友只是受了点儿伤……请您让医生不要说出去。我呢，负责警方这边。”

两天过去了，什么事都没有发生。福尔摩斯非常细心、不知疲倦地搜索了公馆、花园。为了和仆人们谈话，他在厨房里、马厩里逗留了很长时间。尽管没能找到任何能使他看清真相的东西，但他并没有泄气。

“我一定会找到的，”他心想，“我一定会在这里找到。和处理金发女郎案件时不同，这一次我不再盲目出击，不再沿着不熟悉的路线去寻找不了解的目标了。这一次，我是在战场上，敌人也不再是那个让人琢磨不透的亚森·罗平，而是他的一个有血有肉的同伙。他就生活在这座公馆之中，只要发现些微的迹象，我就能找到目标。”

这个迹象——这个他应当从扑朔迷离、千头万绪的现象中，以他那神奇的机敏发现的迹象——可以让人们把犹太灯事件视为展现福尔摩斯探案天才的最出色的案例。

第三天下午，当他走进小客厅楼上的一个供孩子们学习的房间时，发现那个最小的孩子昂丽埃特正在找剪刀。

“您知道，”她对福尔摩斯说道，“我也会做您那天晚上收到的那种纸。”

“哪天晚上？”

“就是那天，吃完晚饭的时候，您收到一张用线绳捆着的纸……您记得吗，一封电报……我告诉您，我也会做。”

说完，她就出去了。对任何一个其他人来说，这些都只是一个小孩子的毫无意义的想法，就连福尔摩斯本人都是心不在焉地听她说完之后，就继续进行搜查了。可是，他突然起身去追赶那个孩子了——她的最后一句话令他不寒而栗。他在楼梯最上面一层的台阶上追上了她，对她说道：

“这么说，你也往纸上贴字条？”

昂丽埃特非常自豪地说：

“当然了！我把一些字剪下来，然后把它们贴在一张纸上。”

“是谁教你做这个游戏的？”

“小姐……我的家庭教师……我看见她这么做了。她从报上剪下字，把它们贴在纸上……”

“她这是在做什么呢？”

“做电报，还有信，然后把它们寄走。”

夏洛克·福尔摩斯回到了学习室。他对昂丽埃特的这番话很感兴趣，竭力想从中发掘出更深层次的含义。

报纸——壁炉上放着一大摞。他打开报纸，发现上面确实有些词甚至成行的字不见了——被干净利落地剪掉了。不过，他只要读一读前后的字句，就会发现缺少的词或句子是被随意剪掉的。很明显，这是昂丽埃特剪的。不过，也有可能在这堆报纸里有那么一张是家庭女教师剪的。怎么确认呢？

夏洛克·福尔摩斯下意识地翻着摞在桌子上的课本，然后又去翻看放在壁橱里面的书。突然，他发出一声喜悦的惊叹！在壁橱的一角，在一摞旧本子下面，他找到了一本儿童读物—— 一本带插图的识字课本。在其中一页上，有一个被挖掉的洞。

他仔细看了一下，是表示一周七天称谓的词汇：星期一、星期二、星期三，等等。“星期六”这个词没有了，而犹太灯被盗案正是在一个星期六的夜里发生的。

福尔摩斯感到心里一阵发紧，这是他每次找到关键性的线索时，身体所发出的信号——最明确的信号。这种发现线索时的心跳，这种由确信而产生的激动，从来都没有欺骗过他。

他信心百倍，激动不已，急忙继续翻阅识字课本——在后面的一页上，又有一个惊喜在等着他。

这是些用大写字母组成的字，后面是一行数字。

在这一页，有九个字母和三个数字被小心翼翼地剪掉了。

福尔摩斯把这些字母和数字按照顺序写在自己的本子上，结果是：

CDEHNOPRZ—237

“见鬼！”他自言自语道，“乍一看，这些字母、数字毫无意义。”

如果把这些字母混合起来，把它们都用上，能不能组成一两个完整的词呢？

福尔摩斯徒劳地尝试了一下。

只剩下了一种排列，一种不断在他笔下出现的排列。到最后，他觉得这就是真正的排列。

在识字课本的这一页上，每个字母都只出现了一次。很明显，它们组成的词是不完整的，需要从其他页面上剪下来的字母将其补充完整。在这种情况下，如果不出意外，谜底应当如下：

REPOND. Z—CH. 237

第一个词，很明显，是“repondez①”，缺了字母“E”，因为这个字母在前面已经用过了，无法再在这里出现了。

至于第二个空格，肯定是和数字“237”联系在一起的，应该是这封信的收信人地址。写信人首先建议把时间定为星期六，然后要求回信寄“CH. 237”这个地址。

也许“CH. 237”是某一个邮局的留局自取信箱号码，也许“CH”是某个词里的两个字母。福尔摩斯翻着识字课本的后面几页，确认再也没有被剪掉的字母了。

“这很好玩儿，是吧？”昂丽埃特回来了。

他回答道：

“太好玩儿了！你还有别的书本吗？……或者别的剪下来的字，让我也粘一粘！”

“别的书本？……没有了……再说，小姐会不高兴的。”

“小姐？”

“对，她已经骂我了。”

“为什么？”

“因为对你说了一些事……她对我说，我们永远不应当对外人讲自己所爱的人的事。”

“你说的很对。”

---

① 法文“repondez”是“回答”或“回信”的意思。——译者注

昂丽埃特被他称赞之后，显得特别高兴，从一个用别针别在裙子上的小布袋里掏出几个布片、三个扣子、两块糖，最后掏出一张正方形的纸，递给了福尔摩斯。

“我还是把它送给你吧！”

那是一辆出租车的号码：二七九。

“你是从哪儿弄到这个号码的?”

“是从她的皮夹子里掉出来的。”

“什么时候?”

“星期天，做弥撒的时候，她在皮夹子里找零钱，给教堂募捐。”

“很好。现在我要告诉你一个不挨骂的办法：不要对小姐说你看见我了。”

福尔摩斯去找丹布勒瓦尔先生，直截了当地询问有关小姐的事。

男爵一惊：

“爱丽丝·德曼！难道您认为……这绝不可能。”

“她来贵府多久了?”

“只有一年。我没见过比她更随和、更能让我放心的人。”

“为什么我至今都没见过她呢?”

“她有两天不在。”

“现在呢?”

“她一回来，就到您朋友的病榻边了。她具备看护者应有的所有品德……温柔……细心……华生先生很满意。”

“啊!”福尔摩斯说道，他已经彻底忘记了解自己老伙伴的状况了。

福尔摩斯思索了一下，问道：

“那个星期天早晨，她出去了吗？”

“发生盗窃案的第二天？”

“对。”

男爵叫来妻子，问了她这个问题。她答道：

“小姐和往常一样，带孩子们去做十一点的弥撒了。”

“在这之前呢？”

“在这之前？没出去……或者说……我当时被失窃的事弄得心烦意乱！……不过，我记得她前一天请求我允许她星期天早晨出去一下……去看一个路过巴黎的表姐。我想，你不会怀疑她吧！”

“当然不会……不过，我想见见她。”

他跑上楼，直奔华生的房间。一个身材颀长、身穿灰色护士衣裙的女子朝病人俯下身子，喂他喝水。等她转过身来，福尔摩斯认出，她就是在北站拦住他的那位姑娘。

谁都没做任何解释。爱丽丝·德曼温柔地笑了笑，那双妩媚而又严肃的眼睛里没有丝毫的局促不安。英国人想说话，可说出几个音节，又停住了。于是，她继续自己的工作。在福尔摩斯惊讶的目光注视下，她平静地做着各种动作：摇晃药瓶，解开又缠上绷带，然后朝他粲然一笑。

他转过身，下了楼，在院子里看到了丹布勒瓦尔先生的汽车，于是坐了进去，让司机送他去拉瓦鲁瓦的存车处，地址就写在小女孩儿给他的那张汽车票上。星期天早晨开“八二七九”号车的司机杜布莱不在。他让送他来的司机回去，自己留下来，一直等到换班时间。

司机杜布莱说他确实在蒙索公园附近拉过一位女士——一位身穿黑色衣裙的年轻女士——裙子上有一朵很大的紫罗兰，显得很慌乱。

“她手里拿着一包东西吗?”

“是的，拿着一个很长的包。”

“您把她拉到……”

“泰尔纳街，在圣费尔迪南广场的拐角处。她在那里停了十几分钟，然后我们就回到了蒙索公园。”

“您能认出泰尔纳街的那座房子吗?”

“那当然！要把您送到那里去吗?”

“等一会儿再去那里，咱们先到珠宝街码头三十六号。”

到了警察局，他很走运，马上就见到了警长加尼马尔。

“加尼马尔先生，您现在有空吗?”

“如果事关罗平，我就没空。”

“就是事关罗平”

“那我就不去了。”

“怎么，您放弃……”

“那种必败的博弈，我已经玩儿够了！您想做的一切都非常拙劣，非常荒诞……我不干了！罗平比我们厉害，我们只能低头。”

“我不低头。”

“他会让您低头的，像别人一样低头。”

“这将是一场很好看的戏，一定会让您觉得很开心的!”

“啊，这倒是真的。”加尼马尔巧妙地说道，“既然您不甘心，那咱们就去吧。”

两个人一块儿上了车。按照他们的要求，司机在离那座房子很远的地方就停了下来，把车停在马路对面的一家有露天座位的咖啡馆前面。他们在露天座位上坐了下来，坐在月桂树和卫矛树中间。天开始暗下来了。

“伙计，”福尔摩斯喊道，“拿纸笔来！”

他写了几个字，又叫来了伙计：

“把这封信交给对面那座房子的门房——在门廊下抽烟的那个戴鸭舌帽的人。”

看门人跑了过来，加尼马尔表明了自己的警长身份。于是，福尔摩斯问那个人，星期天早晨是不是有一个穿黑色衣裙的年轻女士来过。

“穿黑色衣裙的？对，九点钟左右，她上三楼去了。”

“您经常看见她吗？”

“不常看见，不过最近这段时间见得多了些……最近这半个月几乎天天都能看见她。”

“那星期天以后呢？”

“只见过一次……如果不算今天的话。”

“怎么，今天她来过了？”

“她现在还在。”

“她在那里……”

“她来了有十分钟了。她的车等在圣费尔迪南广场上，和以往一样。我是在门廊下碰到她的。”

“三楼的房客是什么人？”

“有两位房客。一位是朗日埃小姐，经营妇女服饰的商人。还有一位先生，租了两个带家具的房间。租了有一个月了，是在布莱松名下。”

“您为什么说‘名下’?”

“我觉得这是个假名字。我妻子给他打扫卫生时，发现他所有衬衫上绣的姓名首写字母都不同。”

“他怎么生活?”

“噢！几乎总是在外面，三天里头准有一天不回来。”

“星期六的夜里他回来了吗?”

“星期六的夜里？让我想想……是的，星期六晚上，他回来了，然后就没出去。”

“他是个什么样的人呢?”

“天哪，还真不好说。他千变万化，时而很高，时而很矮，时而很胖，时而很瘦……一会儿是棕发，一会儿又是金发，我总是认不出来他。”

加尼马尔与福尔摩斯对视了一下。

“是他，”警长喃喃地说道，“肯定是他。”

这个老警察着实表现出瞬间的慌乱。这种慌乱表现为一个哈欠，还有两只攥紧的拳头。

福尔摩斯也一样，虽然他很能克制自己，但仍然是心头一紧。

门房说道：“注意看那个姑娘!”

果然，家庭教师出现在门口，然后穿过了广场。

“这是布莱松。”

“布莱松？哪个?”

“腋下夹着一个包的那个人。”

“可是他并没有管那个姑娘。她一个人去找她的车了。”

“啊！这个嘛，我从没见过他们两个人在一起。”

两个警察急忙站了起来。在路灯的照耀下，他们认出了罗平。他朝广场对面走去。

“您想跟踪哪个?”加尼马尔问道。

“当然是他了！他是个大猎物。”

“那我就跟踪小姐。”加尼马尔提议道。

“不，不，”英国人连忙说道，他不想向加尼马尔透露这条线索，“小姐嘛，我知道在哪里能找到她……您不要离开我。”

他们远远地——时不时地躲在行人或者报亭后面——跟踪着罗平。他们跟踪得很容易，因为罗平不回头，走得很快，右腿稍微有些跛。

加尼马尔说道：

“他在装瘸。”

接着，他又说道：

“啊！要是能碰到两三个警察，上去把这个家伙给抓住就好了！我们俩会把他给弄丢的。”

可是，直到泰纳门前，一个警察都没碰见。过了这段警力充足的设防区以后，他们就更不能指望有任何增援了。

“咱们分开走。”福尔摩斯说，“这里人太少了。”

这里是维克多·雨果街。他们两个人各走一条人行道，顺着树的排列方向往前走。

他们就这么走了二十分钟，一直到罗平向左转，沿着塞纳河走去。到了那里，他们看到罗平走下河堤，走到河边，在那里待了几秒钟。他们无法看清他做了什么。然后，罗平走上来，回到原路上来。他们俩紧紧地贴在一排栅栏后面。罗平从他们前面走过去，手里已经没有那个包了。

罗平走远了。另外一个人从一座房子的墙角后面走出来，在树中间穿行着。

福尔摩斯轻轻地说道：

“这个家伙好像也在跟踪他。”

“对，我好像觉得刚才见过他。”

跟踪又开始了，但受到了这个人的影响。罗平顺着原路穿过泰纳门，回到了圣费尔迪南广场旁边的那座房子。

加尼马尔赶到的时候，门房正要关门。

“您看见他了，对吧？”

“是啊，我正要熄掉楼道里的煤气灯，他就拉开了门闩。”

“没人跟他住在一起吗？”

“没有，一个仆人都没有……他也从来不在家里吃饭。”

“这座房子里有没有货梯？”

“没有。”

加尼马尔对福尔摩斯说道：

“最简单的做法就是，我留在罗平的门口，您去找德穆尔街警察分局的警长。我给您写几个字。”

“如果他在这段时间里逃跑呢？”

“有我在呢！……”

“和他一对一，这可不是势均力敌。”

“可我总不能破门而入吧！我没有这个权利，尤其是在夜里。”

“如果您抓到的是罗平，那么别人是不会刁难您的。再说，不就是按一按门铃嘛，然后再看看可能会发生什么事嘛！”

他们上了楼。楼梯平台左边有一道对开的门。加尼马尔按了门铃——毫无动静。他又按了一下——还是没人答应。

“咱们进去。”福尔摩斯轻轻地说道。

“对，进去。”

然而，他们却站在原地一动不动，一副拿不定主意的样子。他们突然觉得亚森·罗平不可能在这里，不可能在一拳就能砸破的门后面。他们俩都太了解他了，这个魔鬼似的人绝不会如此愚蠢地让人抓住的！不可能！不可能！不可能近在咫尺！一万个不可能！他肯定早已从隔壁的屋顶，从一个早就准备好的出路逃走了。他们捕捉到的仅仅是罗平的影子！

从门的另一边传来轻轻的声音，打破了寂静。他们不禁颤抖了一下，确认罗平还待在里面，只有很薄的门板把他们与罗平隔开。他们可以听到罗平的动静！

怎么办呢？情况十分紧急。虽然他们都是老警察，但此刻的情景还是让他们心慌意乱，甚至能听到彼此的心跳声。

加尼马尔用眼神征求了一下福尔摩斯的意见，然后朝门板狠狠地砸了一拳。

传来了脚步声——不再试图掩饰的脚步声……

加尼马尔摇晃着门。福尔摩斯猛地用肩膀一撞，把门板撞了下来。两个人一起冲了进去。

但是，他们立刻停了下来——隔壁房间里响起了枪声。接着，又是一声枪响，接下去是“扑通”一声—— 一个人倒下去的声音。

他们进去之后，看到那个人躺在地上，脸贴着壁炉的大理石墙面。那个人抽搐了一下，手枪从手里滑了出来。

加尼马尔俯下身，把死者的头转了过来。鲜血从两个很大的伤口—— 一个在脸颊上，一个在太阳穴上——冒了出来。

“他已经让人难以辨认了。”他喃喃地说道。

“该死！”福尔摩斯骂道，“这不是他。”

“您是怎么知道的？您还没看见他呢！”

英国人讥讽地说：

“您以为亚森·罗平会自杀吗？”

“可是，咱们在外面的时候确实认出他来了。”

“咱们以为他是罗平，那是因为咱们希望他是罗平。罗平已经让我们朝思暮想了。”

“莫非这是他的一个同伙？”

“罗平的同伙也不会自杀。”

“那他是谁呢？”

他们搜查了这具尸体。在一个衣袋里，福尔摩斯发现了一个空皮夹子。在另外一个衣袋里，加尼马尔找到了几枚硬币。内衣都没有牌子，外衣也没有。

一个大箱子和两个手提箱里只有衣服，壁橱上放着一摞报纸。加尼马尔把它们打开，发现这些报纸上登的都是关于犹太灯失窃事件的文章。

一个小时之后，当加尼马尔和福尔摩斯离开的时候，他们对这个由于他们的介入而自杀的人的情况依然一无所知。

他究竟是谁呢？他为什么要自杀呢？他与犹太灯案件有什么关系呢？刚才他出去的时候，是谁跟踪了他？这么多错综复杂的疑问……这么多难解之谜……

夏洛克·福尔摩斯心情很不好地上了床。等他醒来的时候，他收到了一封快信，上面写道：

亚森·罗平有幸向您告知布莱松先生的死讯，并请您出席由国家举办的葬礼。葬礼将于六月二十五日（星期四）举行。

二

“你看见了吧，老伙计，”福尔摩斯抖动着亚森·罗平的快信，说道，“最让我无法忍受的就是这个魔鬼绅士的眼睛无时无刻不在盯着我。我所有的想法，哪怕是最隐蔽的想法，都逃不过他的眼睛。我就像一个演员，所有的动作都在一个强有力的导演的指挥之下。你要去那里，你要这么说——在你上面有一个超级意志操纵着你。你明白了吗，华生？”

如果华生不是一直在昏睡，如果他的体温不是一直在四十度和四十一度之间徘徊的话，他一定会明白的。不过，对福尔摩斯来说，他听没听明白并不重要。福尔摩斯继续说道：

“我必须挖掘我的全部潜能，发挥我所有的聪明才智，才能让自己不灰心丧气。对我来说，这些小把戏就像一根根针在刺着我一样，会不断地激励我。针刺的疼痛可以掩盖自尊心的伤痛。我总是这样想：‘你就闹吧，伙计，总有一天你会暴露自己的。’说到底，华生，就是罗平通过第一封快信给了小昂丽埃特启示，把他与爱丽丝·德曼之间有通信联系的秘密告诉了我。难道你忘了这个细节吗，老伙计？”

他大步在房间里来回走着，全然不顾他的老伙计是否会被惊醒。

“说到底，事情还不是很糟糕！虽说我走的路有点儿昏暗，但我还是找到自己该走的那条路了。首先，我要弄清这个布莱松先生是谁。我和加尼马尔约好在塞纳河畔布莱松扔掉那个包的地方见面，到时候就会弄清这位先生所扮演的角色了。剩下的戏要由爱丽丝·德曼和我共同来演。这个对手不怎么强悍，对不对，华生？用不了多少时间，我就会弄清楚识字课本上那句话的含义，并且弄清楚这两个孤立的字母‘C’和‘H’到底意味着什么。”他继续说道。

就在这时，家庭女教师走了进来。她看见福尔摩斯手舞足蹈，就温和地对他说道：

“福尔摩斯先生，如果您把我的病人给吵醒了，我可要说您了——您打扰他是不应该的，医生要求绝对安静。”

他一声不响地看着她，与第一天一样，对她那莫名其妙的沉静深感惊讶。

“您为什么这么看着我，福尔摩斯先生？……您是否有不可告人的想法？……什么想法？说吧，求您了！”

清爽的脸庞、坦率的眼睛、微张的嘴、紧紧握着的手、稍稍向前倾斜的身躯——她身上洋溢着纯真，甚至让他感到愤怒。他走近她，低声说道：

“布莱松昨天晚上自杀了。”

她好像并没有明白这句话的含义。于是，他重复道：

“布莱松昨天晚上自杀了。”

她的脸上毫无表情，根本没有隐瞒事实的迹象。

“您已经知道这件事了，”他气愤地说道，“否则，您至少会颤抖一下……啊，您比我想象的要厉害得多……可是，您为什么要隐瞒自己的感情呢？”

他抓起刚刚放到桌子上的带插图的识字课本，翻到被剪掉字的那一页：

“您能告诉我应当按照什么样的顺序排列这些缺掉的字母吗？怎样才能弄明白四天前，也就是犹太灯被盗之前，您寄给布莱松的那封信的意思呢？”

“顺序……布莱松……犹太灯被盗……”

她重复着这几个词，仿佛要从中找出规律。

他继续问道：

“不错，就是这些用过的字母……都在这张小纸条上。您对布莱松说了些什么呢？”

“我用的字母……我说的什么……”她说。

她突然笑了起来：

“原来如此！我明白了，我是窃贼的同谋！有一位叫布莱松的先生偷了那盏犹太灯，然后自杀了。而我呢，我是这位先生的朋友。噢！这可真好玩儿啊！”

“您昨天晚上到泰纳街一座房子的三楼去看什么人了？”

“什么人？我的裁缝——朗日埃小姐啊！难道我的裁缝和我的朋友布莱松是同一个人吗？”

尽管如此，福尔摩斯还是有些怀疑——人们可以假装恐惧，假装快乐，假装不安，却不能假装无忧无虑地笑。

不过，他还是对她说道：

“最后问一下：那天晚上，在北站，您为什么找我？为什么请求我立刻回去，不要管这桩盗窃案？”

“啊！您的好奇心太强了，福尔摩斯先生！”她回答道，依然心安理得地嫣然一笑，“为了惩罚您，什么都不能告诉您！而且，在我去药店的这段时间里，您必须在这里看护病人……我得赶紧去买药……我走了。”

她走了出去。

“我被耍了！”福尔摩斯喃喃地自语道，“我非但没能从她口里得到任何东西，反倒暴露了自己。”

他又想起了蓝钻石事件。他对克洛蒂尔德·德坦日进行审讯时，金发女郎不是以同样的方式面对他的吗？他今天又遇上了一个受到亚森·罗平保护的人—— 一个在危险面前依然能保持平静的人。

“福尔摩斯……福尔摩斯……”

他走到呼唤他的华生身边，朝华生俯下身去。

“怎么了，老伙计？哪儿不舒服吗？”

华生翕动着嘴唇，半天说不出话来。最后，他费了很大劲儿才结结巴巴地说道：

“不……福尔摩斯……不是她……不可能是她……”

“你在跟我说什么呢？只有在面对一个被罗平培养出来的人时，我才会失去理智，才会如此愚蠢地行动……现在，她已经完全了解识字课本的事了……我敢打赌，用不了一个小时罗平就会知道这件事！……她所说的话，全都是胡扯！”

他立刻走出去，来到梅斯纳街，看到家庭女教师走进了一家药店。十分钟后，她走了出来，手里拿着一些小药瓶和一个用白纸包着的大瓶子。等她走上大街的时候，有一个人走到她面前，手里拿着帽子，一副卑躬屈膝的样子，好像在乞讨。

她停下脚步，给了他点儿钱，然后继续向前走去。

“她和他说话了。”英国人心想。

与其说是一种确信，不如说是一种直觉——很强烈的直觉，足以使他改变策略。他放弃了那个姑娘，开始跟踪这个假乞丐。

他跟着那个人来到了圣费尔迪南广场。那个人围着布莱松住过的房子转了半天，偶尔抬头看看三楼的窗户，并且没有忘记监视走进这座楼的人。

过了一个小时，他上了一辆开往奈伊的有轨电车的顶层。福尔摩斯也上了这辆车，坐在那个人后面，离他有一段距离，旁边是一个用打开的报纸遮住脸的先生。到了旧城区，报纸放下来了，福尔摩斯认出那个人是加尼马尔。加尼马尔贴近他的耳朵，指着那个人说道：

“他就是昨天晚上的那个人——那个跟踪布莱松的人。他已经在广场上转了一个小时了。”

“关于布莱松，没有了解到什么情况吗？”福尔摩斯问道。

“有。今天上午来了一封信，写的是他的地址。”

“今天上午？那就是说，信是昨天寄出来的，寄信的人还不知道布莱松已经死了。”

“是的。这封信现在在预审法官手里，但我记住了信里的话：‘他拒绝任何妥协。他什么都要，否则就采取行动。’没有落款。”加尼马尔说，“正如您看到的那样，这几行字对我们来说没什么用。”

“我不同意您的意见，加尼马尔先生。正相反，我认为这几行字非常有用。”

“为什么？”

“为了我个人的目的。”福尔摩斯用和这位同僚说话时惯用的肆无忌惮的语气回答道。

有轨电车在终点站——城堡街站——停了下来。那个人下了车，不慌不忙地走了。

福尔摩斯紧跟着他。加尼马尔担心会暴露：

“他一回头，咱们就暴露了。”

“他现在不会回头的。”

“您怎么知道？”

“他是亚森·罗平的一个同伙。罗平的同伙如果双手插在口袋里逍遥自在地走路，那就是说：首先，他知道自己已经被人跟踪了；其次，他一点儿都不害怕。”

“可是，我们离他很近啊！”

“还没有近到逃不出我们的手心的程度——他太自信了。”

“您看，前边那个咖啡馆旁边有两个骑自行车的警察。如果我决定叫他们，让他们跟上这个家伙，他就无法从我们手里溜掉了。”

“显然，那个家伙并不担心会有这种可能性，倒是他在召唤那两个警察。”

那个人果然朝那两个正要骑上车的警察走去。他和他们说了几句话，然后突然骑上一辆靠在咖啡馆墙上的自行车，跟那两个警察一起飞快地消失了。

英国人大声笑了起来。

“怎么样？我说对了吧！……被绑架走了！被谁绑架了呢？被您的两个同行，加尼马尔先生。啊！干得不错，亚森·罗平！连警察都听他指挥了！这家伙实在太镇静了！”

“这是怎么回事?”加尼马尔大声说道，他的自尊心受到了伤害，“现在该怎么办呢？光在那儿笑倒是容易!”

“得了，别生气了，咱们会报仇的！现在，我们需要增援!”

“弗朗方在奈伊街等着我呢!”

“那您顺路叫上他，然后和我会合。”

加尼马尔走了，福尔摩斯也循着那三辆自行车的车轱辘印儿走去。自行车留下的车轱辘印儿很容易辨认，尤其是带条纹的轮胎留下的印迹。很快，自行车留下的印迹把他带到了塞纳河畔。他发现那三个人朝前一天晚上布莱松去的地方走了。于是，他来到自己与加尼马尔一起藏身的栅栏旁。又走远了一点儿，他看到了自行车轱辘印儿交叉的痕迹，这说明那几个人曾在这里停留。正对面，有一个狭长的半岛伸向塞纳河。在半岛的尽头，拴着一只破旧的小船。

布莱松就是在这里扔掉他手里的包的，或者说布莱松就是把他手里的包放到这里的。福尔摩斯走下河堤斜坡，发现河岸的坡很缓，河水很浅，因此他应该很容易就能找到那个小包……除非那三个人捷足先登。

“不可能，不可能，”他心想，“他们来不及……他们最多待了一刻钟……可是，他们为什么会经过这里呢?”

有一个钓鱼人坐在小船上，福尔摩斯问道：

“您看见三个骑自行车的人了吗?”

钓鱼人摇了摇头。

英国人坚持问道：

“肯定看到了……三个男的……他们刚刚在离您两步远的地方停留过……”

钓鱼人把钓鱼竿夹到腋下，从衣袋里掏出一个小本子，在上面写了几个字，然后把那页纸撕下来，递给福尔摩斯。

英国人禁不住颤抖起来——他一眼就认出，这就是从识字课本上剪下来的那几个字母：

CDEHNOPRZEO—237

塞纳河上已是夕阳西下。那个人又钓起鱼来。他头上戴着帽檐宽大的草帽，外衣和马甲都叠好放在身边。他专心致志地钓着鱼，浮子随着水的波纹漂动着。凝重而肃穆的一分钟过去了。

“是他吗？”福尔摩斯怀着惴惴不安的心情想着。

事实真相让他心里一亮：

“是他！是他！只有他才能够如此无忧无虑，对即将发生的事毫不畏惧地坐在这里。除了他，谁还能知道识字课本的事呢？是爱丽丝通过信使把这件事告诉了他。”

突然，英国人的手握住了手枪的枪托。他盯着那个人的后背，看着他脖子上面一点儿的地方。只要一枪，这场戏就结束了——这个传奇冒险家的生命就将结束了。

渔翁一动不动。

福尔摩斯神经质地握着自己的枪，怀着强烈的开枪的欲望以及结束这一切的欲望。与此同时，他又对这种违背自己本性的做法感到十分厌恶。当然，一枪下去，那个人必死无疑，一切都将结束。

“啊！”他心想，“他站起来吧，自卫吧……否则，他就活该了……再等一秒钟……然后我就开枪……”

这时候，传来一阵脚步声。他回过头来，看到加尼马尔带着警察来了。

于是，他改变了主意，一下子冲到了船上。缆绳在强烈的冲击下断了。他压在那个人身上，抱住了那个人。他们俩全都倒在了船底。

“您还要干什么?”罗平一边挣扎着，一边喊道，“这能证明什么？当我们两个人当中的一个把另外一个逼到无能为力的时候，那就无法挽回了，因为您不知道该把我怎么办，我也不知道该把您怎么办，我们会像两个蠢人那样无所适从……”

两只船桨滑到了水里。船在水上漂着。岸上传来了叫喊声。罗平继续说道：

“这叫什么事啊，上帝！您难道忘了自己是在干什么吗？……您都这把年纪了还干这种蠢事，像个孩子！真是的，这实在太愚蠢了！……”

他终于摆脱了福尔摩斯的手。

夏洛克·福尔摩斯被气坏了，决心了结此事，于是把手放进口袋里，嘴里骂了一句。罗平把他的枪夺走了。

于是，他就跪下来，想去够漂在水上的船桨，好把船划到岸边。罗平则去够另一只船桨，好把船划进河湾。

“不管够得着还是够不着……”罗平说道，“其实都无所谓……如果您手里有一只桨，那么我会阻止您使用它，您也一样。生活就是这样，人们总是想要采取行动……毫无缘由，因为一切都是命中注定的……我胜利了，因为水的流向对我有利!”

果然，船向远处漂去。

“当心！”罗平喊道。

岸上有人举着手枪，于是他低下了头。传来一声枪响，在他们身边溅起一片涟漪。罗平笑了起来。

“上帝啊！是我的朋友加尼马尔！……您这么做可是大错而特错了，加尼马尔——只有在正当防卫的时候才可以开枪。这个可怜的罗平让您变得这么残暴，都忘记自己的义务了……看，他又来了！……可是，不幸的家伙，您瞄准的是大师啊！”

他用身体挡住福尔摩斯，面向加尼马尔：

“好吧，现在我放心了……朝这里瞄准，加尼马尔！对准心脏！……再高一点儿……往左边一点儿……没打着……哎！真笨……再来一枪……您的手在发抖，加尼马尔……听我的命令，好吗？镇静一点儿！……一、二、三，开枪！……又没打中！真是的！政府是把玩具枪当武器发给你们了吧！”

他很炫耀地掏出一把很长的手枪，又大又薄，没用瞄准就开了一枪。

警长用手按住了自己的帽子——一颗子弹穿透了他的帽子。

“怎么样，加尼马尔？啊！这是名牌手枪！向它致敬吧，先生们！这是我高贵的朋友——夏洛克·福尔摩斯大师的手枪！”

他用力一扔，把手枪扔到了加尼马尔脚下。

福尔摩斯忍不住笑了，欣赏着这一切。何等充沛的精力！何等英姿勃发、叱咤风云、憨直率真！他是多么开心啊！就像危险会给他带来快感一样！对这个非凡的人来说，人生除了寻求危险，再化险为夷之外，就没有别的乐趣了。

这时候，河两岸聚集了很多人。加尼马尔和他的手下人跟踪着那只随波逐流、漂漂荡荡的小船。罗平将被捕，这是不可避免的。

“您得承认，大师，”亚森·罗平朝英国人转过身来，大声说道，“即使别人用德兰士瓦玉①来跟您交换，您都不会出让自己的位置，因为您已经坐上第一把交椅了！不过，首先，一切都还没开始，这只是序幕……接着我们就要跳到第五幕了，就是亚森·罗平的被捕或者逃脱。因此，我亲爱的大师，我有一个问题要问您。为了不造成误解，我请您用‘行’或者‘不行’来回答。不要再管这件事了，现在还为时不晚。我来负责修复给您带来的伤害。如果再拖下去，我就无能为力了。就这么说定了?”

“不行。”

罗平的脸抽动了一下。很明显，他这种固执的态度让罗平感到很不快。他又说道：

“我坚持，与其说是为了我，不如说是为了您。我坚持，深信您是第一个为自己的介入而感到后悔的人。最后再问一句：行还是不行?”

“不行。”

罗平蹲下来，挪开船底的一块板，用几分钟时间做了一件事——福尔摩斯看不清他在做什么。然后，他直起身，坐到英国人身边，说道：

---

① 一种玉石，产于南非、加拿大、美国和中国。——译者注

“我想，大师，我们来到河边是为了同一个目的：打捞布莱松扔掉的东西。我是与几个伙伴约好了——我的临时装扮证明了这一点——到塞纳河深处去寻找。我的朋友们告诉我，您来了。我向您承认，我一点儿都没有感到意外，因为我对您调查的进展状况了如指掌。这太容易了！您只要到穆里尤街，就会有人立刻打电话向我报告，于是我就知道了！您应当明白，在这种条件下……”

他停了下来。被他移开的那块船板漂了起来，船板四周往上冒着小水柱。

“见鬼！我不知道自己是怎么搞的，但我坚信在这只旧船下面有一条水道。您会不害怕吧，大师？”

福尔摩斯耸了耸肩。

“我竭尽全力地想避免这场决斗，而您却千方百计地要和我决斗，所以我还是奉陪到底为好。如今，这场博弈的结果已经毫无悬念了，因为我手里掌握着所有的王牌。所以，我希望我们之间这场搏斗的影响越大越好，以便让全世界都知道您的失败，让像德克罗松伯爵夫人和丹布勒瓦尔男爵这样的人不再请您来和我作对。而且，我亲爱的大师，您是否看到……”

他再一次停了下来，两只手空握，当作望远镜，放在眼睛前面，观察着岸上的情况。

“天哪！他们搞到了一只特别漂亮的小船，就像一艘真正的战舰。您看，他们在拼命地划桨呢！用不了五分钟，他们就会追上我们，我就完了。福尔摩斯先生，我有个建议：您扑到我身上，用绳子把我捆起来，然后把我交给我们国家的司法机关……这个方案您喜欢吗？……趁着我们还没有翻船……到那时候，咱们就只有准备遗嘱了。您说呢？”

他们的目光相遇了。这一次，福尔摩斯明白罗平的阴谋了：他把船底弄漏了，水在往上冒。

水淹没了他们的鞋底，淹没了他们的脚，但他们依然一动不动。

水淹没了他们的脚踝，但英国人却从容不迫地拿出他的烟荷包，卷了一支烟，点燃了。

罗平继续说道：

“您看，我在谦卑地向您承认，我不能与您匹敌，亲爱的大师！我向您低头，是想接受这场您必胜无疑的搏斗。这就意味着，福尔摩斯是唯一令我胆寒的对手。我承认，只要福尔摩斯在，我就无能为力。亲爱的大师，这就是我要对您说的话，既然命运给了我这次和您谈话的机会。我唯一感到遗憾的是，我们俩是洗着脚来进行这场谈话的！……情况还不算严重，我承认……该怎么说来着？洗脚！……应当说是足浴！”

水已经淹没了他们坐着的长凳，船下沉得越来越快了。

福尔摩斯沉着冷静地叼着烟，仰望着天空，欣赏着这一切。在人群的包围中，在警察的追捕中，福尔摩斯依然保持着怡然自得的好心情。罗平也绝对不能表现出丝毫的慌乱！

福尔摩斯面对这么点儿危险，值得惊慌失措吗？不是每天都有人在河里淹死吗？这区区小事用不着当回事儿。他们一个在聊天，另一个在遐想——两个人都在用面具遮掩着自尊心所经受的强烈打击。

再有一分钟，他们两个人就要沉下去了。

“最重要的是，”罗平说道，“要搞清我们的船究竟会在那些正义的捍卫者到达之前还是之后沉没。问题的关键就在这里，因为船肯定会沉没。大师，现在是写遗嘱的庄严时刻了。我将自己的全部财产都留给英国公民夏洛克·福尔摩斯，由他来……上帝啊，他们划得太快了，这些正义的捍卫者们！啊！这些好人！看见他们真高兴啊！看，他们划船的动作多标准啊！瞧，是弗朗方队长！加油！这实在是个绝妙的主意！我会向您的上司推荐您的，弗朗方队长……您是想要一枚勋章吗？好吧……一言为定！您的伙伴迪约奇在哪儿呢？在左岸，对吧？他身边围着上百个当地人……万一我淹不死，我就会在左岸被迪约奇和那些当地人抓住，或者在右岸被加尼马尔和奈伊的人抓住——我是进退两难啊……”

水上出现了一个漩涡——小船自己转了个弯。福尔摩斯不得不抓住插船桨的圆环。

“大师，请您脱下外衣，那样会更方便游泳。不脱？您拒绝脱衣服？那我就只好再穿上自己的衣服了。”

他套上外衣，像福尔摩斯一样，把每个扣子系好，然后叹了口气，说道：

“您可真倔强！您不辞劳苦地……却徒劳无益地办着案子！真的，您在浪费自己的天赋……”

“罗平先生，”福尔摩斯终于结束了沉默，开口说道，“您说得太多了！您经常因为过于自信和过于轻率而犯错误。”

“您的责备太严厉了。”

“正因为如此……您刚才向我提供了我一直想了解的情况。”

“怎么，您想了解情况？为什么不告诉我？”

“我不需要任何人的帮助。从现在起三小时之内，我要把谜底告诉丹布勒瓦尔先生和夫人。这就是我唯一的回答……”

他的话音未落，刹那间船就沉了下去，把他们两个全都带进了水里。但是，船很快又浮上来了，只是底儿朝上——船翻了。河两岸响起一片叫喊声，接着是令人不安的沉默。又是一阵欢呼声：两个落水者中的一个出现了，是夏洛克·福尔摩斯。

他是个出色的游泳健将，快速地朝弗朗方的小船游去。

“加油，福尔摩斯先生！”警察队长喊道，“我们都在这儿呢……别泄气……我们等一会儿就会去找他……我们会抓到他的！加油，福尔摩斯先生……抓住绳子……”

英国人抓住了人们扔给他的一条绳子。可是，就在他爬到船上的时候，身后有人叫他：

“那个谜底……我亲爱的大师……您会知道的！您至今还不知道那个谜底，让我很惊讶……那个谜底对您来说有什么用呢？到了那个时候，您就彻底失败了……”

亚森·罗平骑在那只翻过来的小船上，边说边做着手势，期望说服对方。

“您一定要明白，我亲爱的大师，您已经无计可施了……处于最可悲的境地。对于像您这样的……”

弗朗方瞄准了他：

“投降吧，罗平！”

“您是个粗人，弗朗方队长——您打断了我的话。我刚才说到……”

“投降吧，罗平！”

“我说队长，人只有到了危险的时候才会投降呢！您不会以为我有什么危险吧！”

“我最后说一遍，罗平，我命令您投降！”

“弗朗方队长，您一点儿都不想打死我，最多想把我打伤，因为您太怕我逃跑了。可是，万一我的伤是致命的呢？那么，请您想想，您将会多么后悔……想想您那将要受到影响的晚年生活！……”

枪响了。

罗平的身体摇晃了一下。他用手抓住那条船的船体，然后松开手，消失了。

上述情况发生的时候，刚好是下午三点整。傍晚六点钟的时候，夏洛克·福尔摩斯穿着一条特别短的裤子和一件向奈伊的一家旅店老板借来的很瘦的上衣，戴着一顶鸭舌帽，走进了穆里尤街那家公馆的小客厅。他事先通告了丹布勒瓦尔先生和夫人，说要和他们谈话。

他们看到福尔摩斯在客厅里来回走着，身上那件怪怪的衣服显得很滑稽，差点儿没笑出声来。他若有所思地驼着背，像个机器人似的不停地来回走着——从窗前走到门口，再从门口走到窗前，每次走的步数都相等，每次转弯的方向都相同。

福尔摩斯停下来，拿起一个小摆设，下意识地看了看，然后又开始踱步。

最后，福尔摩斯在他们面前停了下来，问道：

“家庭教师在吗？”

“在！和孩子们一起在花园里。”

“男爵先生，我们的谈话将起决定性作用，我希望德曼小姐也能在场。”

“是不是一定……”

“请耐心一些，先生，事实的真相将在我尽可能准确地对你们讲述的事件中显现出来。”

“好吧，苏珊，你愿意……”

丹布勒瓦尔夫人站起身，走了出去，没过多久便把爱丽丝·德曼带了回来。家庭女教师的脸色显得比平时更加苍白了。她靠着桌子站着，甚至没有问为什么把自己叫来。

福尔摩斯就像没看见她似的，猛地朝丹布勒瓦尔先生转过身来，用不可辩驳的语气说道：

“经过几天的调查，先生……尽管发生了一些事情，改变了我的一些看法，但我还是要重复我最初对您说过的话：犹太灯是被一个住在这座公馆里的人偷走的。”

“犯罪嫌疑人的姓名……”

“我已经知道了。”

“证据呢？”

“我手里掌握的证据足以让他走投无路。”

“让他走投无路还不够，还应当让他归还……”

“犹太灯？它已经在我手里了。”

“乳白色项链呢？鼻烟盒呢？”

“所有第二次被盗的东西都在我的掌控之中。”

福尔摩斯喜欢这种戏剧性的效果，喜欢用这种干巴巴的语言来宣布自己的胜利。

确实，男爵和他的妻子显得十分惊讶，愕然地看着他，这是对他最好的奖励。

接着，他详细地叙述了自己在这三天的时间里都做了些什么。

福尔摩斯讲完之后，男爵轻轻地说道：

“现在就剩下说出窃贼的姓名了。您指控什么人呢？”

“我指控那个从识字课本上剪下那些字母，并用那些字母与罗平联系的人。”

“您怎么知道那个联系人就是亚森·罗平呢？”

“是罗平亲自告诉我的。”

福尔摩斯拿出一张被水浸泡过的皱皱巴巴的纸——罗平在船上从自己的小本子上撕下来的那张纸，在纸上写出了那句话。

“请注意，”福尔摩斯得意地指出，“当时并没有人逼迫他把这张纸交给我，从而承认自己就是收信人。这只是他的一种孩子似的炫耀，让我知道了事实真相。”

福尔摩斯用铅笔把这几个字母和数字写了出来：

DEHNOPRZEO—237

“可是，”丹布勒瓦尔先生说道，“这就是您刚才亲自给我们写的那些字啊！”

“不对。如果您从各个角度去观察一下这几个字母，一眼就能看出这上面的字和前一张纸上的不一样。”

“哪里不一样呢？”

"这一张上多了字母'C'和'H'，正是'Repondez①'这个词所多出来的那两个字母。您会发现，唯一能用上这两个字母的词就是'ECH②'。"

"意思是……"

"意思是《法兰西回声报》，官方报纸，罗平总是在这份报纸上发表他的'公报'。'请在《法兰西回声报》通信栏目上答复，第237期'就是我苦苦寻找的谜底，而罗平好心地告诉了我。现在，我刚刚从《法兰西回声报》的办公室回来。"

"您找到了?"

"我找到了亚森·罗平与他那个……女同谋进行联系的详细材料。"

福尔摩斯把七份翻到第四页的报纸摆到桌子上，指出了下面这七行字：

1. 亚·罗，女士，求，保，540。
2. 540等解释，亚·罗。
3. 亚·罗，敌人控制，无助。
4. 540写地址，将调查。
5. 亚·罗。穆里尤。
6. 540公园，三时。紫罗兰。
7. 237同意周六，周日晨公园。

---

① 意思是"回答"。——译者注
② 意思是"回声"。——译者注

“您就把这称为‘详细材料’?”丹布勒瓦尔先生大声说道。

“当然了！您只要稍加注意，就会同意我的意见。首先，一位自称‘540’的女士请求亚森·罗平对她进行保护。罗平要求解释。女士回答说，她受到了一个敌人的威胁，那个人肯定就是布莱松。她很无助，请求罗平救援。罗平心存疑虑，要求说明住址，提议进行调查。那位女士犹豫了四天。请看报纸上的日期。最后，迫于事态的发展，迫于布莱松的威胁，她说出了自己所在的街道名——穆里尤街。第二天，亚森·罗平说，他将在三点钟去蒙索公园，请那位女士手拿一束紫罗兰，作为相认的标志。从那以后的一周时间里，报上的联系中断了——亚森·罗平和那位女士之间不再需要通过报纸联系了，因为他们可以直接通信。他们的计划很大胆：为了满足布莱松的要求，那位女士将偷走那盏犹太灯。剩下的就是确定哪一天采取行动了。那位女士出于谨慎，用剪下来的字母粘贴成一封信，决定星期六行动，还补充说：‘请在第237期《法兰西回声报》上答复。’罗平回答说一言为定，并说他将在星期天早晨去公园。星期天早晨，盗窃案就发生了。”

“确实，一切都水到渠成、严丝合缝。”男爵表示赞同，“这样，这个故事就完整了。”

福尔摩斯又说道：

“那位女士星期天早晨出去向罗平汇报了自己所做的事，然后把犹太灯给布莱松送去了。至此，事情按照罗平预料的那样进行着。警方被打开的窗户、地上的四个坑和露台边上的擦痕所迷惑，立刻认定是入室盗窃，于是那位女士就心安理得了。”

“就算是吧，”男爵说道，“我接受这种解释。可是，第二次盗窃呢……”

“第二次盗窃是第一次盗窃导致的。报上详细描述了犹太灯被盗的经过，有人就想仿效这次盗窃，以便盗走那些没有被拿走的东西。这一回不再是布下迷魂阵的盗窃，而是名副其实的入室盗窃——破窗、翻墙，等等。”

“肯定是罗平……”

“不，罗平不会干这种蠢事，更不会随便开枪。”

“那是谁呢?”

“毫无疑问，是布莱松，而且是在那位被他敲诈的女士不知情的情况下进行的。布莱松进入了这个房间——我追赶的那个人就是他——刺伤了可怜的华生。”

“您敢肯定吗?”

“绝对肯定。布莱松的一个同伙昨天给他写了封信。信是在他自杀之前写的。信上说，这个同伙与罗平之间展开了谈判。罗平要求归还所有从贵公馆盗窃的东西：犹太灯以及第二次被盗走的全部物件。此外，他在监视布莱松。布莱松昨天晚上去塞纳河畔的时候，罗平的伙伴和我们一起跟踪了他。”

“布莱松去塞纳河畔做什么?”

“他得知了我们调查的进展……”

“怎么得知的?”

“就是那位女士告诉他的，她担心犹太灯被发现之后自己会暴露……因此，受到警告的布莱松把所有会使自己受到牵连的东西都放进一个包里，扔到了一个危险过去以后自己还能找到的地方。回家之后，我和加尼马尔追上门来。他慌了神儿，就开枪自杀了。”

“那个包里有什么东西呢?”

“犹太灯以及其他一些小玩意儿。”

“它们不是在您手里吗?”

“罗平失踪了以后，我利用他让我‘洗澡’的机会，让人把我领到布莱松选择的地方，找到了那个用床单和涂了腊的布裹着的包。包里放着的从贵府偷走的东西，现在都放在这张桌子上。”

男爵二话没说，剪断系在包裹上的绳子，一下子撕开湿漉漉的布，从里面拿出那盏灯，转动底座下的螺母，用两只手使劲儿按住灯座，拧开了那盏灯。灯被分成了相等的两半，露出了那个镶嵌着红宝石和翡翠的狮子头、羊身、龙尾的神奇之物。

这件宝物完好无损。

从表面上看，对事实的陈述非常自然，非常简单明了，但是福尔摩斯的每一句话都是对家庭女教师非常明确、直接、无可辩驳的指控，这使得陈述的过程变得很让人难受。

在这段长长的、残酷的，用一个接一个的琐碎事实堆积起来的指控中，她始终泰然自若、气定神闲，既没有气愤，也没有感到恐惧。那么，当她必须回答，或者必须出于自卫而打断福尔摩斯的话的时候，她会说些什么呢?

这个时刻到了，可是那姑娘却沉默着。

“说话，说话啊!”丹布勒瓦尔先生喊道。

她仍然是一言不发。

“一句话，一句话就可以洗清自己……一句反抗的话，我就会相信您了。”

这句话，她没有说。

男爵激动地穿过客厅，然后又走回来，请求小姐说话。最后，他对福尔摩斯说道：

“不，先生，我不能相信这是真的！这是完全不可能的——这与我一年来的所见所闻是相悖的。”

男爵把手放到了福尔摩斯肩上。

“先生，您能保证没有搞错吗？”

福尔摩斯迟疑了一下，就像一个突然受到袭击的人一样，没有立刻反击。不过，他还是微微一笑，说道：

“只有我指控的那个人……因为她在您家里所处的位置……才能知道犹太灯里藏着这件漂亮的首饰。”

“我不相信。”男爵喃喃地说道。

“那您就问她吧！”

这是唯一一件他根本不想做的事，但是出于对那个姑娘的绝对信任，现在已经不容他回避了。

他走到她身边，盯着她的眼睛说道：

“小姐，是您拿走了那件首饰，并与亚森·罗平联系，掩饰了那次盗窃吗？”

她回答道：

“是我，先生。”

她没有低头，脸上既没有羞愧也没有尴尬。

“这怎么可能呢？”丹布勒瓦尔先生喃喃地说，“……我怎么也想不到……您是最不可疑的人……您是怎么干的，不幸的姑娘？”

她说道：

“我做了福尔摩斯刚才说的事。星期六夜里，我下楼来到这个小客厅，拿走了那盏灯。早晨，我把它带给了……那个人。”

“不，”男爵反驳道，“不可能。”

“为什么？”

“因为早晨我发现客厅的门闩是从里面插着的。”

她脸红了，心慌意乱、不知所措地看着福尔摩斯，仿佛在征求他的意见。

福尔摩斯与其说是因为男爵反驳的话而感到震惊，不如说是因为爱丽丝·德曼的尴尬表情而感到震惊。难道她就没有什么可讲的吗？那些能够印证福尔摩斯对犹太灯盗窃事件所做的指控的招认，是不是掩盖着另外一个谎言—— 一个只消对事实重新审查一遍就可以立刻摧毁的谎言呢？

男爵又说道：

“这个门的门闩是从里边插着的，和我前一天晚上离开的时候一样。如果您真的像自己声称的那样，是从这个门进来的话，那一定有一个人从里面给您开了门——从客厅或者我们的卧室出来给您开了门。可是，这两个房间里没有人……除了我妻子和我以外，没有别人啊！”

福尔摩斯急忙俯下身，用两只手捂住脸，以免让人看到自己脸红。一道刺眼的光向他射了过来，把他晃得眼花缭乱，很不自在。一切都在他眼前展现出来了，就像一道风景在黑夜骤然消失以后蓦地暴露在人们面前一样。

爱丽丝·德曼是清白的，爱丽丝·德曼是无辜的。事实真相令人炫目，让他弄清了为什么指控这个姑娘的时候自己会觉得有点儿不自在。现在他看清楚了，明白了。只要一个动作，确凿无疑的证据就会出现在他眼前。

他抬起了头。过了几秒钟，他尽量自然地把目光转向丹布勒瓦尔夫人。

她脸色苍白，双手微微颤抖。

“再过一秒钟，”福尔摩斯心想，“她就会暴露了。”

他怀着强烈的愿望，想避免出现威胁到这个男人和这个女人的事情发生，所以站到了她与她丈夫中间。可是，他看了一眼男爵，整个身心都受到了震撼——刚才那道赫然照亮他的光，强烈的光，此刻也照亮了丹布勒瓦尔先生。这位丈夫的脑海里也是波涛汹涌，他也恍然大悟，看清了真相！

爱丽丝·德曼绝望地与无情的事实真相抗争着。

“您是对的，先生，是我说错了……实际上我不是从这里进来的。我从门厅出去，在花园里蹬着梯子上来……”

这是她出于忠诚所做的最大努力……却无济于事！那些话让人一听就是假的。她说话时没有了底气。这个温柔的姑娘再也没有清澈的目光了，再也没有真诚的表情了！她垂下头，投降了。

寂静是残酷的。丹布勒瓦尔夫人由于焦虑和恐惧而脸色苍白、身体僵直——她等待着。男爵好像还在挣扎，不相信自己的幸福就这样葬送了。

最后，他轻轻地说道：

“说吧！解释吧！”

“我没有什么可对你说的，我可怜的朋友。”她说话的声音非常轻，脸痛苦地痉挛着。

“那么……小姐……”

“小姐救了我……用她的忠诚……用她的关爱……她还主动承担了……”

“从什么人手里救了你?”

“从那个人手里。”

“布莱松?”

“对。他威胁的是我……我是在一个女友家认识他的……我头脑发昏，相信了他的话……噢！根本没有发生过分的事……不过，我给他写过两封信……你可以看到这些信……我把它们赎了回来……你知道是怎么赎的……噢！可怜可怜我吧……我为此流了那么多眼泪!”

“你！你！苏珊!”

他朝她举起了攥紧的拳头，准备打她，准备打死她。可是，他的胳膊又落了下来。他轻轻地说道：

“苏珊！……你！……这怎么可能……”

她断断续续地讲述了那场令人惋惜而又平庸无奇的外遇，讲述了她发现那个人的无耻行径之后的惊慌、悔恨和疯狂。她也讲述了爱丽丝令人赞赏的行为——那姑娘猜到了女主人的心事，让她说出了自己的秘密。于是，爱丽丝给罗平写了信，并策划了这次盗窃，为的是把女主人从布莱松手里拯救出来。

“你，苏珊，”丹布勒瓦尔先生弯着身子，嘴里不停地重复着，“……你怎么能……”

就在那天晚上，穿梭于法国加莱港和英国的多佛港之间的“伦敦城号”客轮，慢慢地滑到了静静的海水中。夜晚昏暗而沉静，空中飘浮着朵朵云彩。周围是缭绕的薄雾，把轮船与一望无际的夜空分隔开来。

大多数乘客都回到了船舱或者大厅里，只有几个勇敢的人仍然在甲板上散步，或者躺在宽敞的摇椅里，盖着厚厚的被子打盹儿。人们可以看到点点雪茄的亮光。微风送来轻轻的说话声——大家都不敢抬高声调，担心打破这庄严的宁静。

一个迈着均匀的步子沿着船舷散步的人，在一个躺在凳子上的人身边停了下来，观察着她。他看到那个人动了一下，便对那个人说道：

"我还以为您睡着了呢，爱丽丝小姐！"

"没有，没有，福尔摩斯先生，我在思索。"

"思索什么？问您一下，有些冒昧吧！"

"我在想丹布勒瓦尔夫人。她一定非常痛苦——她的生活被毁了。"

"不会，不会。"他急忙说道，"她的错误不是不可饶恕的，丹布勒瓦尔先生会忘掉它的。我们离开的时候，他看她的目光已经不那么凶狠了。"

"也许吧……不过，忘记的过程将会非常漫长……而她还将痛苦着。"

"您很爱她吗？"

"非常爱她。正是这种爱给了我极大的力量，使我可以在吓得发抖的时候，脸上还能露出微笑。"

"您离开她很难过吗？"

"非常难过。我没有亲属，没有其他朋友，只有她一个朋友。"

"您会有朋友的。"英国人被她的悲伤打动了，"我可以向您保证……我有很多关系……有很大的影响……我向您保证，您不会感到后悔的。”

“可能吧！但是，丹布勒瓦尔夫人不会待在我身边了……”

他们没有再说话。夏洛克·福尔摩斯又在甲板上走了两三圈之后，回到了旅伴身边。

薄雾慢慢退去，天上的云彩好像散开了，繁星在天幕中闪烁着。

福尔摩斯从斗篷里掏出烟斗，装上烟丝，一根接一根地划了四根火柴，也没能把烟斗点燃。他没有火柴了，于是站起身来，对离他几步远的一个人说道：

“请问，您有火吗？”

那位先生打开一个盛着烧焦的木炭的盒子，用力摩擦了一下，火苗立刻就冒了出来。在火光的照耀下，福尔摩斯看清了那个人的脸——是亚森·罗平。

如果不是英国人稍微动了一下，后退了一点儿，罗平还以为福尔摩斯已经知道他在这艘船上了，因为福尔摩斯是那么镇定自若地向他伸出手来。

“别来无恙，罗平先生！”

“真了不起！”罗平大声说道，对方的克制力让他忍不住赞叹了一下。

“了不起？为什么？”

“您亲眼看到我沉到了塞纳河底，此刻又像幽灵一般出现在您面前……出于自尊，出于英国人莫名其妙的傲慢，您居然一点儿都不感到惊奇！天哪，我再说一遍：了不起啊！

令人赞叹啊!”

“没有什么可赞叹的。我看出您是自己跳下去的，根本没有被警察队长的子弹打中。”

“您还没弄清我的情况就走了?”

“您的情况，我已经知道了。有五百个警察看守着河两岸一公里之内的地方——即使您没被淹死，也肯定被活捉了。”

“然而，我却在这里。”

“罗平先生，世界上只有两个人永远不会让我感到惊讶：首先是我，其次是您。”

和平条约签订了。

福尔摩斯在与亚森·罗平的博弈中没有取胜，罗平依然是他必须放弃抓捕的最大的敌人，不过，谁又能说罗平在他们的博弈中占了上风呢？英国人不是凭着自己那惊人的坚韧找到了犹太灯吗？就像他找到蓝钻石一样。或许这一次的战果不如前一次辉煌，尤其是在公众眼里。福尔摩斯不得不对犹太灯是在什么情况下找到的守口如瓶，并且声称自己不知道罪犯的姓名。然而，就人与人之间的关系而言，就罗平和福尔摩斯之间的博弈而言，就警察与盗贼之间的争斗而言，公平地说，是没有胜负的。两个人可以说是棋逢对手，平分秋色而已!

于是，他们聊了起来，就像两个放下武器、彼此尊重的对手那样。

应福尔摩斯的要求，罗平讲述了自己的逃脱过程。

“如果可以把这称为‘逃逸’的话，”他说道，“那么这也太简单了！我们约定了时间，去打捞犹太灯。在掉到水里半个小时以后，我利用弗朗方和他的手下人沿着河岸寻找我尸体的机会爬上了船板。然后，我的朋友们就在那五百名警察惊奇的目光注视下，当然也在加尼马尔和弗朗方的惊奇目光注视下，顺路把我拉上他们的机动小艇，飞快地开走了。”

“太漂亮了！”福尔摩斯大声说道，“……非常成功。现在，您去英国有事吗？”

“对，有些事要处理……对了，我忘了，丹布勒瓦尔先生……”

“他全都知道了。”

“啊！我亲爱的大师，我该怎么对您说呢？现在，伤害已经无法挽回了，把这件事交给我来办不是更好吗？再有一两天时间，我就可以让布莱松交出犹太灯和那些小玩意儿了。我会把它们还给丹布勒瓦尔夫妇，而这两个好人也就可以相安无事地白头偕老了……”

“结果是，”福尔摩斯讥讽地说道，“我把事情给搞乱了，给这个受到您保护的家庭带来了麻烦。”

“上帝啊，就是嘛！受到我保护的家庭……难道欺骗和盗窃都是必要的吗？”

“这么说，您也做善事了？”

“当我有时间的时候……再说，这也让我开心。在我们两个人共同关注的这件事里，最让我觉得好玩儿的是，我扮演了救苦救难的保护神，而您则扮演了带来绝望和泪水的凶神恶煞。”

“可悲！可悲！”英国人抗议道。

“那当然！丹布勒瓦尔一家被毁了，爱丽丝·德曼在哭泣。”

“她不能再留在那里了……加尼马尔最终会发现她的……通过她找到丹布勒瓦尔夫人。”

“完全同意您的意见，大师。可是，这都是谁的过错呢？”

他们俩就这么聊了两个小时。这时，福尔摩斯声音有点儿颤抖地对罗平说道：

“您知道这两位绅士是什么人吗？”

“我觉得有一个好像是船长。”

“那另一个呢？”

“不知道。”

“另一个是奥斯坦·吉莱特先生。奥斯坦·吉莱特先生在英国所处的地位与你们的保安局局长迪杜伊先生相同。”

“啊！我太走运了！您能把我介绍给他吗？迪杜伊先生是我的好朋友……如果我能这样称呼奥斯坦·吉莱特先生，该有多好啊！”

那两位绅士又过来了。

“我可以把您的话当真吗，罗平先生？”福尔摩斯一边站起身，一边说道。

他抓住了亚森·罗平的手腕——用钳子一般的手紧紧地抓住。

“为什么抓得这么紧，大师？我已经准备好跟您走了！”

他确实是毫无反抗地跟他走了。不过，那两位绅士已经走远了。

福尔摩斯加快了脚步——他的指甲都掐进罗平的肉里了。

“快点儿……快点儿……”他大声说道，迫不及待地想了结这一切，“快，再快一点儿！”

可是，他却陡然停下了脚步——爱丽丝·德曼跟在他们身后。

“您这是干什么，小姐？这无济于事……您不要来！”

罗平替她做了回答：

“请您注意一下，大师，小姐不是自愿来的。像您用力抓着我的手一样，我在用力抓着她的手！”

“为什么？”

“我一定要把她介绍给英国保安局局长——她在犹太灯事件中所扮演的角色比我更重要。亚森·罗平的同谋，布莱松的同谋，丹布勒瓦尔夫人的艳史——这一切都将引起司法机关极大的兴趣……而您将干涉到底，坚韧、骁勇的福尔摩斯！”

英国人把自己俘虏的手松开了，罗平也放开了小姐。

他们就这样面对面地站了几秒钟，然后福尔摩斯又回到他的长椅边，坐了下来。罗平和姑娘各自回到了座位上。

接着，是一阵长长的沉默。最后，罗平说道：

“您看，大师，不管我们怎么做，我们都永远不会成为同一条战线上的战友。您在战线的一边，我在另一边。我们彼此可以致敬，可以握手，可以聊一会儿天儿，可战线始终存在——您永远是侦探夏洛克·福尔摩斯，我永远是盗贼亚森·罗平。夏洛克·福尔摩斯永远都是自然而然、恰如其分地听从侦探本能的驱使，就是要对窃贼穷追不舍，在可能的情况下把他‘关进去’。而亚森·罗平则永远坚贞不渝，凭着他那盗贼的灵性，竭力避开侦探的手腕，有机会的话就嘲弄他一下。而这一次就是机会，对不对啊……”

他笑了起来—— 一种讥讽的、冷峻的、可怕的笑……

接着，他突然变得严肃起来。他朝姑娘俯下身：

“您放心，小姐，我即使被置于绝境，也绝不会背叛您。亚森·罗平从来不背叛朋友，尤其是他所爱的和所景仰的朋友。请允许我对您说，我爱您，景仰您，我欣赏您的勇敢和您的为人。”

他从皮夹子里取出一张名片，撕成两半，把一半递给姑娘，然后用一种充满敬佩的语气说道：

“如果福尔摩斯办事不力，小姐，您可以去斯特隆格波鲁小姐家——您会很容易找到她现在的住址的——把这半张名片交给她，对她说一句‘永恒的记忆’。斯特隆格波鲁小姐会像姐妹一样关照您的。”

“谢谢，”姑娘说道，“我明天就去找这位女士。”

“现在，大师，”罗平用一种完成使命之后的满足语气说道，“祝您睡个好觉！我们还有一个小时的航程，我要好好享受享受。”

他躺了下来，把两只手枕在头下。

天空在月光下显得更寥廓了，海平线上洒满了月光。最后几片云彩也仿佛被融化了。

海岸线渐渐地在昏暗的海面上显现了出来。乘客们纷纷走上甲板，甲板上很快就挤满了人。奥斯坦·吉莱特先生在两个人的陪同下走了过去，福尔摩斯认出那是两个英国警察。

罗平躺在长椅上，睡得很香……

MAURICE LEBLANC
ARSÉNE LUPIN CONPRE HERLOCK SHOLMÉS

本书译自 LE LIVRE DE POCHE 出版社 1965 年版